W0470423

NE T'INQUIÈTE PAS
DES TEMPÊTES

DE LA MÊME AUTRICE

Petite Fille, Éditions Lunatique, 2014
Le Petit Peuple des nuages, Éditions Lunatique, 2020
Voyage(s) (poésie), Éditions Lunatique, 2021
Nulle part ailleurs sur la Terre, Éditions Livres sans frontières, 2022
Elle et Lui (poésie), Éditions Lunatique, 2022
Ma plaie d'Asie, Éditions Lunatique, 2023

Charlotte MONÉGIER

NE T'INQUIÈTE PAS DES TEMPÊTES

Roman

CALMANN
LÉVY
territoires

Cet ouvrage a reçu le soutien du CNL.

© Calmann-Lévy, 2024

COUVERTURE
Maquette : Raphaëlle Faguer
Photographie : © Jérôme Paressant / Millennium Images, UK

ISBN 978-2-7021-9279-5

À ma mère, à ma grand-mère.
Aux loyautés dont il est parfois si difficile de se défaire.
Et surtout, à mes enfants, Malo et Gabriel.
Puisse leur vie être libre et vaste.

Prologue

La petite fille est morte, sa mère aussi. Elles ont les joues bleues des corps léchés par la mer et leurs jambes sont couvertes de sel. Sur leurs bras blancs, le cheminement des veines trace un dernier souvenir de vie. Les pompiers arrivent, se précipitent ; les sirènes hurlent. Un homme sort de l'eau. Il a ôté sa chemise et cache son visage dans ses mains. Il ne crie pas, il ne pleure pas. Il sait que c'est trop tard. La petite robe rouge flotte toujours sur l'estuaire de la Dives. Elle semble figée là pour l'éternité, malgré le ressac, malgré les tourbillons.

Deux fillettes se font face, l'une est brune aux yeux noirs, l'autre est rousse aux yeux verts. Elles se tiennent droites, poings serrés, et s'échangent des regards inquiets.

— C'est ta faute !

— Non, c'est la tienne. Je t'ai vue.

Pour elles, l'enfance est terminée.

Partie I

Les retrouvailles

Aurore

À la gare de Caen, sur le quai, mes mains tremblent. J'invente des flocons de neige qui s'ébattent dans un vent trublion ; ils viennent glacer mon nez, me pénètrent et se mêlent à ma respiration. Ils sentent la fin de quelque chose. Je ferme les yeux. Au fond, je sais bien que ces flocons n'existent pas. Si je les imagine, c'est pour éviter d'affronter ce qui me fait vraiment peur. Je ne tremble pas parce que j'ai froid. Je tremble parce que je m'apprête à quitter ma mère.

Je l'observe. Elle paraît si calme, si heureuse. D'une main délicate, elle serre son sac contre son ventre. Je me demande un instant si, elle aussi, me cache des choses. Puis j'abandonne l'idée. Je veux me concentrer sur son sourire. Il fait le tour de son crâne et ses lèvres forment un horizon sans fin. Je ne peux pas lui dire que Paris me terrifie. Je ne peux pas la regarder en face et lui avouer : « Je préférerais rester là, maman, auprès de toi, dans ce qui a toujours été ma vie. » Elle ne s'en remettrait pas.

J'ai l'habitude de modifier ma réalité, de la rendre plus chaude ou plus froide selon la température de mon cœur. Je ne sais pas encore très bien s'il s'agit pour moi de voir ce que d'autres ignorent ou alors, de bouleverser mon quotidien pour qu'il m'ennuie moins. Je peux changer des blessures en ravines sauvages. Prendre la lune pour une porte ouverte. Souffler sur un tas de bois pour créer une tornade, haute et silencieuse, et parler aux fleurs tout en jouant avec les galaxies. Je ne suis pas sorcière, non, j'adore seulement la poésie. Grâce à elle, je m'enfuis. Mais dans cette gare, je ne peux rien transformer. Je vais devoir monter dans ce train et partir loin d'ici. D'ailleurs, voilà que les flocons de neige ont cessé leurs mouvements. Voilà que je ne tremble plus.

***

Quand ma mère a ouvert le courrier de l'établissement, quelques semaines plus tôt, elle a poussé des cris de joie. L'émotion était si forte qu'elle a modifié les contours de son corps. Ma mère n'était plus cette femme rabougrie que j'avais toujours connue, mais un oiseau à la robe fournie, prêt à déployer des ailes gigantesques pour accéder à son rêve, à travers moi, sa fille. Quitter la Normandie, la ferme et les bêtes, pour vivre à Paris.

Je l'ai vue courir sur le carrelage froid de la cuisine et prendre son envol. Elle a franchi la vitre épaisse de la fenêtre, sans réfléchir. Les murs de la ferme ont vibré si fort que mes frères ont accouru, paniqués. Je leur ai annoncé que j'allais étudier à Paris, ma gorge s'est nouée et, plus ma mère volait, plus j'angoissais. Elle gardait les yeux rivés sur le courrier comme s'il s'agissait de sa propre vie, comme si le destin lui offrait une seconde chance, celle de tout recommencer grâce à moi.

Mes frères ont soupiré et sont retournés à leurs jeux. On ne s'est jamais compris, eux et moi. Ils ont quatorze ans, ils lisent dans la bouse et les troncs d'arbres des histoires de nature qui me laissent indifférente. Avec mon père, ils développent une rugosité qui fait mal. Jamais je n'ose les approcher de peur de me couper. Jamais je ne les embrasse, jamais je ne les prends dans mes bras. Mes frères sont des bois secrets, des sabots d'autrefois. Ils comptent les bêtes et les étoiles de la nuit, et ils détestent l'école.

***

Dans trois heures, si ma montre est juste, je serai à Paris. Une chambre m'attend quelque part à l'est de la tour Eiffel et, à l'est de la tour Eiffel, il y a tout l'est du monde. Cela me donne le vertige.

Paris. Je t'aime ?

Je chuchote ces quelques mots, la bouche enfouie dans mon foulard. En fait, je ne sais pas si je les ai vraiment prononcés. Mais j'aurais aimé. Ma mère marche à mes côtés et je pourrais lui demander : « Pourquoi tu aimes Paris, maman ? Qu'est-ce qu'elle t'a fait de si beau, cette ville, pour que tu la racontes si bien ? » Mais elle n'écouterait pas. Ce genre de question n'appartient pas au monde de ma mère. Son monde est définitif, il ne se remet pas en cause ; il a des amours absolues, si enracinées que rien ni personne, pas même moi sa fille chérie, ne saurait la convaincre du contraire.

Paris : je t'aime...

Je garde maintenant ces mots pour moi, entre la langue et le palais. C'est un endroit particulier. Le lieu du goût et des baisers qui donnent la vie. Il suffit d'y glisser quelque chose, n'importe quoi, pour que ça grandisse et prenne des proportions immenses. Un bonbon devient l'enfance. L'eau de pluie devient cascade. Un poème devient amour.

Paris : je t'aime.

J'essaie de me persuader : ces mots sont aussi les miens, ma mère aime Paris alors j'aime Paris. Et si j'étais déçue ? Si Paris était laide, triste et dangereuse ?

Paris : je ne sais pas si je t'aime.

Ma mère et moi nous arrêtons devant le train. Elle me fixe et je devine sous ses paupières des larmes cachées. Elle prend mes mains dans les siennes puis, sans un mot, me fait signe de monter. À ce moment-là, je ne sais pas ce que je suis. Mon regard est son regard, ma peau sa peau, mon souffle son souffle. J'ai grandi couvée par cet oiseau femelle. Ma mère m'a construit un nid, un nid bien à elle, avec ses livres et ses leçons de vie, ses souvenirs et ses poésies. Et si je n'étais qu'un pâle reflet de son éclat ?

Ma mère s'appelle Aube.
L'aube vient juste avant l'aurore.

***

Je m'installe dans le train, pleine de chagrin.

Je vais tâcher d'aimer Paris, maman. Mais si je n'y arrive pas, m'aimeras-tu toujours, toi ?

Aube

Je suis née en Normandie, entre la mer et la campagne. Ma mère a poussé des cris de souffrance sous le toit de chaume. Mon père lui tenait la main ; il l'a serrée si fort que les marques de ses ongles sont restées longtemps dans sa paume. Chez nous, il y avait toujours le feu qui brûlait dans la cheminée et cette longue table en bois où nous soupions. Par terre, la paille semblait vouloir réchauffer l'atmosphère, sans jamais y parvenir. Je ne ressentais que le froid. Il a fixé mon enfance dans un paysage de sel et de terre ; la mer avalait la campagne entière, les champs étouffaient les marées, et tous ces éléments s'entremêlaient pour former un chaos vaseux et gelé, incapable d'ordre et de beauté. Avec les années, l'eau s'est incrustée dans ma peau. La bourbe a marqué des crevasses et des sillons, encrassant à son passage chaque pore, chaque cavité. J'ai souvent plongé mon visage dans la mer de Normandie et lorsque je revenais chez mes parents, dans les prés noirs du dedans, vers Gacé, je devais mettre à nouveau les mains dans la fange et les pieds dans le fumier.

Personne ne peut imaginer la saleté qu'on garde de ces choses-là.

Parfois je lèche la paume de ma main, alors je suis comme les vaches de mon père. Je sors une langue glutineuse et mouillée, et je parcours avec elle la surface de mon épiderme. Je respire au creux de mon poignet. Je ferme les yeux, mon nez devient naseau. Un instant, je pense retrouver l'effluve de mon existence, l'émanation parfaite de mon enfance, de mon adolescence et de ma vie d'adulte entière ; un air que mes couches de peaux, fermes comme le cuir, auraient su retenir. Je n'ai pas aimé ma jeunesse, encore moins ma vie de femme, et pourtant, j'y suis liée. J'ai sous les ongles et dans le sang des eaux montantes et descendantes. J'ai dans mes larmes la pluie qui trempe les plages, la mer qui noie les plantes. J'ai dans le ventre des bourrasques agressives qui volent jusqu'aux carreaux de ma chambre d'enfant et qui frappent, sans relâche, mes nuits d'insomnies. Mes pieds sont pleins de boue et mon cœur est un peu givré ; les enfances près des bêtes sont froides et solitaires.

Parfois aussi, je sens les traces des baisers de ma mère sur mes cheveux. Elle aimait déposer ses lèvres dans mon cou et me caresser de mots doux. Ma mère s'appelait Ange et c'était un ange. Elle était le seul visage aimé de mes petites années. Mon regard comme le sien, vert d'eau à la forme ronde, il n'a cessé de m'habiter. Un jour, elle m'a prise à part : « Je sais que tu rêves beaucoup, petite Aube. Mais ta vie n'ira pas au-delà de ces champs. Tu es née femme, tu es née à la campagne. C'est ainsi. »

Je l'aimais passionnément, mais son renoncement est devenu ma bataille. Je me suis promis de ne pas grandir au milieu des arbres. Promis d'aller voir ailleurs, plus loin, plus haut, si j'y étais. Je n'ai pas su imposer mes rêves. Me voilà prise dans des racines exsangues, des algues noires qui m'agrippent, et je l'assure : l'enfer a le charme de la mer qui tangue au loin vers Dives-sur-Mer.

***

Lorsque tu es née, Aurore, j'ai poussé les mêmes cris de souffrance. Mais ton père n'était pas là pour me tenir la main. Tu n'avais pas une semaine que je t'ai dit : « Dans la vie, il n'y a pas que l'écume et le bocage. Tu peux imaginer des chemins de traverse, des sentiers retirés, des voies de détresse. Tu peux rayer la mer et la campagne de ton existence, Aurore. Oublier les tempêtes de la Manche et les terreaux de Gacé. Tu peux rêver de Paris. »

Je voulais que mes mots flottent dans ton esprit comme le bois blanc que nous ramassions sur la plage, puis qu'ils ornent ta mémoire pour t'aider à t'épanouir. Paris était mon rêve, c'est vite devenu le tien. Le rêve des hauts immeubles et des trottoirs, le rêve des pavés gondolés qui dansent sur les avenues le soir.

Toute ton enfance, tu as continué à pousser les murs de la ferme de tes petits bras replets. Ton corps s'est ensuite affiné, ton visage a fini par ressembler au mien. Tes longs cheveux roux étaient comme la plage, l'été, lorsque le soleil vient s'étendre sur le sable. Mais déjà, tu n'y voyais que la paille des vaches de ton père, comme moi, la paille qu'elles avalaient en bavant, puis qu'elles souillaient en pissant. Tu aurais voulu qu'ils soient plus foncés, tes cheveux, qu'ils poussent longs comme le périphérique de Paris, qu'ils soient pollués, embouteillés, vivants et turbulents ; tu aurais voulu qu'ils tombent sur tes yeux, que tes yeux disparaissent ; tu aurais voulu qu'ils s'installent là-bas, à la capitale, et qu'ils ne reviennent plus jamais par ici ! Je le sais tout cela, oh comme tu l'aurais voulu ! N'est-ce pas, mon Aurore ?

***

Il paraît que les parents sont tristes de voir leurs enfants s'en aller. Moi, quand j'ai regardé partir ton train, une joie immense m'a gonflé le cœur.

Aurore

J'ai emporté avec moi la seule photographie que ma mère a gardée de son voyage à Paris. Elle se tient debout, sur le pont de la Tournelle. Elle a vingt ans, prête à accueillir les surprises de la vie. Le ciel peint des dégradés mauves sur les sommets de l'île de la Cité. Elle porte déjà aux pieds ses éternels mocassins, sa jupe longue jusqu'aux chevilles, avec, à la taille, quatre boutons de nacre qu'elle se garde bien de montrer. Puis vient ce fichu rose. C'est un vieux cadeau de mon père. Il retient ses cheveux et les empêche de jouer trop loin. Ma mère ne le sait pas encore, mais jamais plus elle ne reverra Paris.

Au dos de la photographie, elle avait griffonné quelques mots pour ma grand-mère. Un poème sans vers. Je ne sais pas si elle l'a lu. Moi, il me hante.

Ma chère petite maman,

Que dire de tes mains sinon qu'elles sont pleines de moi ? Nos couches de peaux se sont amassées, moelleuses et ouatées, pour souder nos corps. Je suis ta continuité. Mais, tu vois, parfois je m'échappe en rêve comme une envolée d'oiseaux car je veux voir le monde. Je veux délier les plumes de mes ailes, devenir le pôle du Grand Nord, la chaleur du Grand Sud. Je veux suivre les becs migrateurs, être une femme flottante. Capturer l'odeur et l'azur des soleils différents, arpenter les chemins noirs, les sentiers écarlates, tous ces passages secrets sur lesquels je m'enfuis déjà par la pensée. Je veux voir le monde ! Devenir mer, terre à mon tour ; marée, roche, cri ! Ressac, grève, féconde ! Je veux voir le monde ! Et ces caresses d'autrefois, que tu m'offrais et qui ne reviendront pas, ces peaux de l'enfance aux multiples adhérences, seront pour moi des souvenirs de toi. Laisse-moi partir. Je t'en supplie. Sinon j'aurai, ma vie entière, des oiseaux dans le ventre. Avec leurs becs et leurs cris, je deviendrai la folle de Normandie. Je ne saurai plus vraiment parler. Comme eux j'aurai un bec, comme eux j'aurai des cris.

Ton Aube

Je l'observe au-dehors. Ma mère ne sait pas que j'ai pris sa photo. Elle se tient toute seule sur ce quai désert et je vois *ressac, bec, cri* tournoyer autour d'elle. Une peine énorme me tord le cœur. Qu'a fait ma mère de cette poésie ? L'a-t-elle enfouie sous ses seins, ses seins mous et disgracieux qui ne racontent plus rien de sa féminité ? En pleure-t-elle parfois ? Ma mère a voulu partir. Elle a rêvé d'habiter Paris et pourtant, elle est restée là, en Normandie, la main serrée dans celle de sa mère jusqu'à sa mort, puis dans celle de mon père.

Le vent glacé soulève maintenant sa chevelure rousse. Des flammes dansantes sur les champs, à la première lueur du jour. Ses jambes fluettes peinent à la maintenir droite. Ma mère agite son mouchoir blanc d'une main nerveuse, comme si je partais au front faire la guerre à notre vie, à notre ferme, à tous ses rêves manqués.

Le train démarre et mon enfance s'envole.

***

J'ai trois ans et je suis dans la petite ferme de Gacé. Aux abords de la maison, tout est sombre. Il pleut sans cesse et la boue fait des ravages jusqu'à mon lit. Souvent, ma mère tente de me réconforter. Lorsque ses lèvres s'étirent et que sa bouche s'ouvre en grand, un canal magique se crée entre elle et moi, alors ma gorge s'allonge et prend l'apparence d'un entonnoir. Je recueille et je bois chacun de ses fluides. Chacun de ses baisers, chacun de ses mots susurrés à mon oreille. Ma mère est un océan, sa surface est calme et ses fonds bouillonnent ; lorsque les éléments se déchaînent, elle s'éclate en mille vagues sur nos champs. Ce que je ressens pour elle est si abondant que je dois courir jusqu'au fond du jardin, me réfugier sous l'appentis, m'allonger près des bûches et déverser cet excédent d'amour. Un jour, j'étais là, contre le bois, recroquevillée sur moi-même, et elle est arrivée, avec sa grâce et son allure de reine. Elle s'est assise et je me suis blottie contre son ventre. « Je ne suis pas d'ici, Aurore. Toi non plus, tu n'es pas d'ici. La différence, c'est qu'un jour tu partiras. Ne pleure donc pas. Les marées qui montent et qui descendent, c'est important, mais ce qui l'est encore plus, ce sont les études. Bientôt, tu iras à l'école. C'est ce qui te sauvera. » J'ai répondu : « Chez moi, c'est dans tes bras. »

***

J'ai quatre ans et nous déménageons. Mes parents ont décidé de quitter la petite ferme de Gacé pour une plus grande à Dozulé. La camionnette déborde de chaises et de tables, de coussins et de casseroles, de cuillers et d'oreillers. J'ai pris ma poupée sur les genoux. Elle a des joues de chiffon et des yeux en boutons. C'est ma mère qui a cousu ses cheveux de laine. C'est elle aussi qui a fabriqué son collier et élargi son regard au crayon noir. J'observe mon père. Il sourit à la campagne et ses dents sont grises comme d'affreux nuages. A-t-il jamais bu autre chose que la pluie d'ici ? Nous arrivons à Dozulé ; mes frères jumeaux naissent peu de temps après. Nous ne parlons pas, eux et moi, nous ne jouons pas. J'entre à l'école et je suis les conseils de ma mère, j'écoute la maîtresse. « Il existe des endroits plus vastes que Cabourg, Dives-sur-Mer, Houlgate et Dozulé. La capitale de la France s'appelle Paris. C'est une ville très étendue où s'entassent des centaines de milliers de personnes dans des espaces minuscules. Elles dorment les unes sur les autres, mais ne se réveillent pas. Là-bas, les immeubles sont bordés de trottoirs. Il y a les caniveaux et la route. Paris, c'est le cœur battant de la France. Imaginez des artères et des veines s'entremêlant, les enfants. Imaginez un organisme vivant, avec la Seine qui coule au centre. Les amoureux s'y penchent depuis les ponts avant de descendre sur les quais pour prendre un bateau-mouche. Certains voguent sur l'eau jusqu'au Havre. D'autres ne s'échapperont jamais. » J'imagine ce bateau en forme de mouche. A-t-il des ailes lui aussi ? S'il va dans un sens, de Paris à la Normandie, peut-il remonter le fleuve et m'emmener loin d'ici ?

Un soir, ma mère me demande pourquoi je chasse les mouches avant d'aller à la plage.

***

J'ai huit ans à présent et je lis beaucoup. J'aime quand la maîtresse me félicite. Mon père voudrait que je l'aide, mais je me cache, je ne veux pas aller avec lui. Mes frères ont grandi et nous ne nous parlons toujours pas. Ils sont toujours fourrés ensemble et ne s'intéressent pas à moi. À l'école, je suis contente : j'ai de bonnes notes et j'adore la géographie. Je situe mieux l'Amérique et les glaciers de l'Antarctique, mais je ne vois pas encore très bien la femme que je vais devenir. Ma mère essaie de me donner des repères. Elle me raconte son unique voyage à Paris comme s'il avait été sa marque de croissance, son passage à l'âge adulte. « Là-bas, les femmes sont coquettes et sentent l'orange. Je pense qu'elles embrassent un peu trop facilement les hommes, elles n'ont même pas d'alliance au doigt. Mais je les comprends, ils sont si beaux. Ils n'ont pas de terre sous les ongles. Les Parisiennes se réfugient dans leurs grands bras, font mine d'être fragiles et petites. En réalité, ce sont elles qui mènent la danse. » Elle soupire. « D'ailleurs, on les voit souvent boire des verres d'alcool dans les cafés, seules, lorsque la nuit tombe. Si leur front touche la table, il y a toujours un homme pour les relever et payer l'addition. »

***

J'ai treize ans, ma mère m'a raconté mille fois son voyage à Paris. L'entendre, c'est me l'approprier. Puis il y a ce sang qui souille ma culotte. C'est minéral, écarlate. Écœurant. Lorsque c'est arrivé, j'étais avec mon père sur son tracteur. Il regarde, mais ne dit rien. Mon père ne dit jamais rien. Il fait signe d'attendre et part chercher le foin. Il revient longtemps après, avec des ouvriers. Tous me considèrent, en silence, et nous rentrons alors que le soleil s'est déjà couché. Mon bas-ventre est inondé. Je viens de passer une journée entière dans cet état. À la cuisine, ma mère et mes frères mangent déjà la soupe du soir. Ils font des bruits dégoûtants et croquent dans du pain blanc ; moi, j'ai la salopette rouge, le sang coule jusqu'à mes chevilles et mes joues montrent la honte. J'ai peur d'être blessée, pourtant je n'ai pas mal. Mon père ne dit toujours rien. Ma mère comprend enfin ce qui m'arrive et m'entraîne dans la salle d'eau. Elle me gifle. « C'est la tradition. »

Là, je me souviens.

La petite robe rouge, prise dans les tourbillons, voilait le visage d'une enfant noyée. J'étais si petite. Les promeneurs, devant, portaient de beaux vêtements. Ils se sont agités, et mon père a retiré sa chemise avant de sauter à l'eau. Mais c'était trop tard. À côté de l'enfant, reposait le corps livide de sa mère.

Borée

Je commence ce monologue sans savoir s'il a du sens. Tu vois, Aurore, ma vie s'est construite sur un souvenir de toi ; était-il tard ou tôt je ne sais pas, mais depuis toi, depuis *ça*, malchance : je souffre d'épuisement.

Tu ne connais pas mon nom. C'est celui du Nord gelé, des brises blanches et des souffles puants qui claquent avec violence contre les parois de l'enfant que j'étais.

Tu ne te souviens pas de mon visage. Il a l'odeur du soufre. Le feu fuit des pores serrés de ma peau, jaillit comme de petits serpents de lave qui, en séchant, conservent la forme de la douleur.

Moi, je ne pourrai jamais t'oublier.

Ton regard vert et tes cheveux roux sont peut-être des charmes pour les autres, le commencement du matin, la première clarté du jour qui vient flamber dans la brume comme un joli feu follet. Pour moi, ce sont des cauchemars. Je voudrais enfoncer mon doigt dans ton cœur de diable, que la blessure soit béante ; écouter le dernier souffle sous ton sein ; poser l'oreille sur ton ventre et voir la vie te quitter doucement. Je lécherais les larmes au goût de fer qui s'échapperaient de ton corps, m'en nourrirais avec délice ; je déchiquetterais ta peau, je prendrais mon temps, pour que tu souffres autant que moi.

Je m'appelle Borée.

J'ai presque vingt ans et je ne m'arrête jamais de suffoquer.

Jamais d'avoir mal.

J'aurais dû naître garçon, l'aîné d'une longue fratrie, mais, au dernier moment, le sort en a voulu autrement. Lorsque je suis sortie du ventre de ma mère, mes parents ont pleuré, ils voulaient un fils, bon Dieu ! Mais c'est moi qui suis née et ils m'ont appelée Borée. Un vent glacial grondait sur Paris, mon corps était froid, dur. Croyant que j'étais partie sans même l'avoir connue, ma mère a crié. Je me suis battue, j'ai inspiré, expiré ; le sang s'est activé, reprenant sa course dans mes veines et colorant chaque parcelle de peau, chaque organe, chaque élan. Je suis devenue chaude et tendre, alors ma mère m'a baisé la joue, ses larmes ont séché et elle m'a aimée.

Sur mon visage, on voit que j'ai grandi trop vite. Je porte déjà les stigmates de la femme, celle qui sait tout des travers de l'humanité et qui promène, seule, son chagrin sur le monde. J'ai toujours pensé qu'un chagrin ça se promenait, comme un chien rempli de pisse et de merde, le chagrin veut sa promenade, il arrose les jolies fleurs et met des odeurs infectes sur les chemins des écoliers.

Je ne suis plus une gamine, Aurore. Toi non plus.

Pourtant, quand je t'imagine, tu es toujours cette enfant tranquille qui s'est penchée sur la Dives lorsque nous étions petites. Tu n'as ni rire ni larme, pas plus de joie ou de peur qu'une roche sans âme.

Chez moi, les émotions débordent. Avec le temps, j'ai appris à les contenir, et je n'ai presque plus de plaisirs. Sauf, peut-être, celui de boire du champagne tout en fumant des cigarettes. J'inspecte souvent mon visage dans la glace, sans en avoir peur. Mes doigts demeurent raides, les battements de mes cils font des mouvements lents et dociles. Je maîtrise tout de moi. Ma salle de bains est immense et je suis si petite dans cette glace. Si petite, mais si belle. Je sais que je suis belle. Les lumières vives des néons au plafond, pareilles aux étoiles d'une autre galaxie, me donnent l'aspect d'un spectre magnifique. Oui, la beauté peut tout apporter, Aurore : les amis, les amants, le travail, la richesse ; et si tu ajoutes à cela la fumée et l'ivresse, si tu amuses tes pensées et occupes tes gestes, alors la confiance grandit et le monde est à tes pieds. Je donne un sourire, on m'offre un palais, du fric, un baiser.

Je sors tous les soirs.
J'ai tellement peur de dormir.

La nuit, quand je ferme les yeux, il fait sombre comme dans une tombe. Le froid du grand large saisit ma nuque et l'enserre dans un étau de métal. La bise a des chants lugubres. Je me revois à six ans, face aux éléments ; un soleil aveuglant m'oblige à baisser la tête vers l'estuaire dangereux qui relie la Dives à la mer. La petite robe rouge de ma sœur repose à la surface de l'eau. Mes doigts sont bouffis par l'enfance. Je les observe avec curiosité et je m'interroge : *L'un d'entre eux a-t-il pu la pousser ?* Le long de mon bras, je reconnais le pli du poignet, l'angle arrondi du coude et ce chandail ouvert tricoté par ma mère. Mais lorsque j'arrive au niveau du cou, je ne retrouve pas la courbe de mon menton. Ce n'est plus mon visage, c'est le tien, Aurore, et je hurle : « C'est ta faute ! C'est ta faute ! C'est ta faute ! »

***

Ta mère m'a écrit la semaine dernière. En réalité, sa lettre était destinée à mon père. Je l'ai ouverte, curieuse, et ce que j'y ai lu m'a pétrifiée. Elle voulait plus d'argent. Tu arrivais bientôt à Paris et nous devions l'aider à payer tes études. J'ai déchiré le papier, minutieusement. J'ai broyé chacun de ses mots, chacune de ses phrases, puis, malade de haine, je les ai mangés.

Aurore

Je me tourne une dernière fois vers ma mère. Silhouette minuscule et seule, perdue entre les rails. Elle ressemble à ces fleurs égarées que l'on croise sur les trottoirs des villes. On se demande toujours ce qui les a fait pousser là, en plein bitume, si c'est l'œuvre d'un dieu, d'un oiseau ou d'un papillon, et s'il suffit d'un battement d'ailes à l'angle parfait pour créer la vie.

Ma mère disparaît de mon champ de vision.

Les roues du train sur les rails tanguent à m'en donner mal au cœur. Les corps encore debout se balancent d'un bout à l'autre du couloir et des mains s'accrochent aux parois du wagon. Dans ces corps, il y a des rêves, des blessures. Chaque passager est un monde unique, comme moi transporté de Caen vers Paris. Je voudrais entrer en collision avec les autres. Sonder ce qui palpite sous les peaux, boire aux bouches, m'enfoncer dans les ventres. Mais je n'ose pas. Je contemple en silence ce qui vit autour de moi, ce qui vit et que je ne connaîtrai jamais. Mon cœur s'emballe, j'ai envie de pleurer, alors je me crispe pour retenir mes larmes. Et je pense : *Je ne devrais pas quitter la Normandie. Je devrais rester là, avec ma mère.* Je contemple le paysage. Les arbres surgissent à travers la vitre du train comme des bras tendus. « Accroche-toi à nous, disent-ils, accroche-toi ! » Mais tout va trop vite. Ils ont à peine le temps de se dresser, à peine le temps d'être convaincants.

Que vais-je devenir sans ma mère ?

Borée

À la descente du train, gare Saint-Lazare, les passagers défilent sous des verrières géantes qui affichent des destinations et des villes lointaines. Ces verrières et ce qu'elles racontent, c'est simplement splendide, mais personne ne les regarde.

Cette gare me bouleverse.

J'ai passé des heures à guetter ton arrivée, Aurore, assise seule face aux quais. Je comptais les minutes, les wagons, les passants. Lorsque je ne tenais plus en place, je rejoignais la salle des pas perdus dans l'espoir de t'y trouver. Je tentais de mettre mes pieds dans ceux des autres, en vain, ma solitude était totale. Chaque visage se découpait sur l'horizon, insignifiant, abscons. Étais-tu déjà arrivée ? Avais-tu marché là ?

Mille mondes, mille individus, et toi et moi.
Comment t'y apercevoir ?

Parfois je repensais à ces ombres croisées la nuit au détour d'un carrefour ou d'un terrain vague. Des ombres qui semblaient encore plus seules que moi. Peut-être se promenaient-elles dans l'unique but de trouver la foule pour obtenir un frôlement, une caresse de quelqu'un ? Peut-être ces formes noires redoutaient-elles l'instant tragique où, abandonnées par les autres, recluses et isolées, elles se retrouveraient face au miroir de leur salle de bains ? Leur reflet, l'éclairage intense de la lampe, le silence rendraient leur sourire si mauvais qu'elles ne seraient plus jamais capables d'amour.

***

Par chance, quand ton train est arrivé, j'étais là. J'ai reconnu ta démarche légère. Ta façon si particulière de frôler le sol de la pointe des pieds, comme un fantôme. Tu ne semblais pas à l'aise avec l'odeur de Paris. Tu as caché ton nez dans un foulard et tu as observé autour de toi, l'air abasourdi. Je t'ai vue fermer les paupières, soulever le front pour renverser la tête en arrière. Cherchais-tu les oiseaux ? Voyais-tu le soleil malgré l'épaisseur du toit ?

J'ai observé les voyageurs s'engouffrer dans les sous-sols du métro. Tu t'es jointe à eux ; vous ne formiez plus qu'un seul corps, assemblé par le hasard des départs et des arrivées des trains. Je me suis mise en route. Il ne fallait pas te perdre de vue. J'étais ce chien suivant sa maîtresse, cette ombre collée à la tienne. Et j'ai manqué m'évanouir tant cette filature m'a oppressée.

Tu as attrapé ta valise et, claudiquant sous le poids de tes affaires, tu t'es dirigée vers un wagon. Je t'ai suivie. Depuis ton arrivée à Paris, je n'ai cessé de te suivre.

Aurore

Vingt-cinq ans se sont écoulés depuis le voyage de ma mère et rien n'a changé. Paris semble plus immuable encore que la ferme de mes parents. La cathédrale Notre-Dame se tient toujours derrière le pont de la Tournelle et le ciel continue de peindre des dégradés mauves sur les toits de l'île de la Cité. Je ne porte pas les mocassins de ma mère, ni sa jupe longue jusqu'aux chevilles, mais, en serrant sa photographie contre mon cœur, avec ses mots au dos, je peux imaginer les sentiments qui l'habitaient. Le rêve d'enjamber la Seine. Sentir le vent remonter le long de ses mollets, puis de ses cuisses. Lorsque je l'appelle pour lui raconter mes premières impressions, ma mère me supplie de faire attention aux garçons. Le reste, je crois, m'a échappé. Je suis bien trop occupée à recenser les lumières de la ville pour prendre en compte ses inquiétudes. Ici, rien ne s'éteint jamais. Dès la tombée de la nuit, dans toutes les rues, les lampadaires brillent comme des pupilles de chouette crevant le noir du ciel. J'aime marcher tard le soir pour ramasser les plumes de la journée. À chaque pas, j'imagine que les yeux des enfants, même endormis, ne s'éteignent pas. Les néons rouges dans les boutiques, les devantures des cinémas, les kiosques à journaux, ne s'éteignent pas. Les mégots de cigarettes, jetés à terre, incandescents, ne s'éteignent pas. Les épiceries, les arrêts de bus et les coursives fleuries, les haleines brûlantes lancées dans l'air jauni de cet automne, les bougies aux fenêtres, les feux qui fument sur les toits, tout ça ne s'éteint pas.

Je décris cette chaleur omniprésente dans un carnet. Je le fais pour ma mère, pour lui faire plaisir, et, chaque semaine, je déchire des pages pour lui envoyer. Je raconte les lueurs et les fulgurances que j'aperçois dans les flaques ou sur les corps des gens. Je compte les halos sur les pavés, les éblouissements du soir. Je veux tout partager, jusque dans les moindres détails – éclats de pluie, lunes gibbeuses et phares dorés. Ma mère doit tout savoir puisque je suis ici pour elle.

***

Quand je ne poursuis pas les lumières, j'habite une petite chambre lugubre posée comme un vide-ordures dans la cour étroite d'un immeuble. Est-elle à l'est, à l'ouest, au sud ou au nord de la tour Eiffel ? Je ne sais plus, j'oublie dans quel sens il faut me placer pour affronter Paris. Nicole D., la propriétaire de la chambre, est une cousine éloignée de ma mère. Je n'ai pas à me soucier de l'argent. Je ne verse aucun loyer et, chaque mois, mes parents m'envoient ce qu'il faut pour manger. Je ne demande pas d'où viennent ces économies. Je ne pose pas de questions. Je crois qu'il s'agit là d'un signe du destin : ma vie d'étudiante doit être facile, j'accepte donc qu'elle le soit.

Devant ma chambre, il y a les poubelles du voisinage. Mais ce n'est pas grave, plus le temps passe, plus l'odeur m'est familière. Je vis avec, elle fait partie de mon quotidien. Il devient normal de trouver des cafards dans mon paquet de céréales et les endives jaunies dans mon frigo n'ont plus rien de dégoûtant. Si l'iode me manque trop, que je me languis de la plage et du terreau de Dozulé, je fourre mon nez dans un bocal de sel et j'achète une petite plante.

Les semaines s'envolent et mes cours m'ennuient. Je suis dans une classe où les élèves parlent beaucoup entre eux. Moi je n'aime pas parler. J'aime écrire. Je relate dans mon carnet combien je me sens étrangère à eux. Les filles mettent du rouge sur leurs lèvres et caressent soigneusement leurs cheveux. Chacun de leurs gestes dégage une sensualité qui me déconcerte. Elles sont comme au sommet, hissées sur des talons vertigineux et des notes excellentes. Les garçons ne regardent qu'elles, bien sûr, moi je suis transparente. Quand ma mère m'appelle, le soir, elle essaie de me rassurer. « Tu n'es pas transparente, Aurore. Tes camarades n'ont pas les bons yeux pour te voir, c'est tout. » Mais je ne m'y fais pas. J'observe les autres étudiants et je les envie. Après les cours, ils se retrouvent tous au café d'en face. Ils boivent des bières et du vin, ils fument des cigarettes qu'ils écrasent violemment sur le trottoir. Jamais je ne suis conviée.

Le soir, j'ai ces quatre murs pour me protéger. Sur l'un d'eux, j'ai accroché la photographie de ma mère. Lorsque je doute de moi, il me suffit de la regarder pour que sa force devienne la mienne. Parfois, je dois poser mes mains sur l'image pour faire passer les flux. Aube devient Aurore, ma mère m'ordonne de me ressaisir. « Le métro est au bout de ta rue ! Paris déroule à tes pieds ses mille possibilités ! Tu peux tout réussir, ma fille. »

Décembre arrive.
Je fête Noël, toute seule.
Je n'achète pas de sapin.

À ma fenêtre, trônent déjà douze petites plantes. J'ai beau leur donner de l'eau, j'ai beau les embrasser, elles ne cessent de mourir. À côté, j'entasse d'innombrables bocaux de sel. Si je m'allonge dans le noir, je peux confondre le bruit des moteurs avec celui des vagues et alors, enfin, je me sens bien.

Aube

Tu me dis qu'il y a tant de lumières à Paris, mon Aurore, tant de contrastes et d'interstices dans lesquels glisser tes émotions pour qu'elles s'évadent enfin. Je comprends cela. Toi et moi parcourons le monde avec le même cœur. Les autres, à Dozulé, ils pensent que tu as quitté la liberté pour la prison. Que la mer et la campagne valent mieux qu'une chambre étroite et sombre, coincée dans une rue sinistre de la capitale. Je leur réponds, au marché le mercredi : « Taisez-vous ! » S'ils te jugent, c'est qu'ils ne craignent pas l'herbe sauvage. Ils ne connaissent pas les plaies qu'elle fait pousser. Ils ne savent rien des vents glacés qui commandent la mer, rien des terres humides où grandissent tant d'arbres verticaux qu'il devient impossible de s'allonger pour rêver tranquillement.

Ils ne savent rien ou alors, à force de vivre au même endroit, ils ont oublié qu'il existait autre chose.

En Normandie, chaque jour et chaque nuit, il y a cet horizon rectiligne qui tranche le paysage en deux parts égales. La terre et le ciel. Vivre ici-bas ou mourir. Voilà le seul choix qui s'offre à nous, les habitants du coin.

Parfois, certains ont le courage de prendre des chemins différents. Ils s'éloignent des cartes plates et des géographies de l'enfance, et s'enfoncent dans la ville. Oui, je parle de courage. Il faut du courage pour partir.

Je me souviens, mon Aurore, tu aimais te lever tôt, sans faire de bruit. Tu voulais profiter du dernier silence de la nuit, avant le chant du coq et le pain frais du matin, et prendre le temps d'honorer ton prénom. Tu t'installais dans la cour pour voir le ciel, bottes aux pieds, gilet de laine serré sur ton corps encore si frêle. Là où tu vivais, là où nous vivions, c'était la campagne froide et pluvieuse. La campagne qu'il fallait sans cesse apprivoiser, avec les herbes à tondre, les bûches à couper, les mares de boue à laisser sécher sans marcher dedans pour ne pas glisser. Tu aimais les flaques de pluie gelées par l'hiver. Tu les aimais encore plus quand je t'accompagnais. Nous admirions toutes les deux les dessins figés dans la glace. Un nénuphar. Une hirondelle. Un toboggan. Au-dessus, les étoiles étaient nombreuses à briller. Tu les comptais l'une après l'autre jusqu'à ce que ton père et tes frères se réveillent à leur tour et te rejoignent dehors. Ils te bousculaient un peu, te traitaient de rêveuse. « Jamais tu ne travailleras vraiment, toi ! » Travailler vraiment, ça voulait dire : s'occuper de la ferme.

Pourtant, toi et moi mon Aurore, nous travaillions dur.

À cinq heures trente, nous avions pris notre petit déjeuner. Je partais à l'étable pour surveiller la gestation des génisses. Tu étais toujours fourrée dans ma jupe.

Je nettoyais et donnais le foin aux bêtes pendant que tu dégageais les excréments. J'inspectais les mamelles et l'état des trayons, puis procédais à la première traite. Je nourrissais les veaux, tu les dorlotais. Je récurais la machine à traire, tu humais le lait. Le goûtais. Souriais.

Enfin, il était temps d'aller à l'école.

Caen déroulait ses avenues tristes, couvertes de constructions d'après-guerre. La pierre était partout la même et elle vieillissait mal. Je n'aimais pas Caen. Toi non plus. Tu étais sagement assise à l'arrière de la voiture. Je conduisais lentement. Je voulais que le trajet dure le plus longtemps possible, j'aimais tant rouler avec toi. C'était mon évasion, ma plage de liberté, et je savais que, tout au long de la journée, j'allais vivre dans l'impatience de revenir te chercher le soir.

Souvent, j'imaginais donner un coup de volant sur la gauche, prendre l'autoroute et te montrer Paris.

À notre passage, les réverbères s'éteignaient un à un. Le soleil déchargeait ses rayons dans nos yeux et la vie devenait flamboyante. Ton visage était collé à la vitre, tu semblais fascinée par l'agitation du matin. Tu regardais les passants, les enfants. Certains couraient, d'autres chahutaient. Ton école n'était pas loin de la gare, nous passions devant, et je me disais qu'un jour, tu arrêterais de monter dans ma voiture pour monter dans le train. Qu'un jour, tu entendrais le moteur vrombir jusqu'à la gare Saint-Lazare pour t'emmener.

Dès le mois de mai, quand le printemps donnait ses premiers bourgeons, nos journées s'allongeaient. La fenaison débutait. Nos trente hectares de champs étaient fauchés par des ouvriers embauchés pour l'occasion, ton rôle était de les surveiller lorsqu'ils roulaient l'herbe séchée. À douze ans, tu savais conduire un tracteur. À quinze ans, tu parcourais des kilomètres de terres brunes au volant d'un Lamborghini Formula 115. Ce n'était pas ce que je voulais pour toi. Je détestais te voir au volant de cet engin. Je glissais discrètement dans ton sac quelques romans que j'affectionnais. J'y laissais des notes personnelles, des encouragements. J'espérais que tu deviennes ce que je n'avais jamais été : une femme libre et éduquée.

Borée

Quatre lignes dans le journal local.

Deux lignes pour ma sœur, deux lignes pour ma mère.

À côté, sur la droite, les journalistes ont cru bon d'ajouter la photographie de la robe de Myriam flottant sur la Dives. « Elle n'avait pas deux ans », disait la légende.

Que penses-tu des rivières, Aurore ?
Aimes-tu nager, prendre des bains ?
Compter les vagues qui s'effondrent sur la grève ?

Si je pouvais arrêter de me laver, je le ferais. Mais je sais que je finirais par attraper l'odeur de la mer quand même, l'odeur rance et salée de la mer, dans la bouche, sous les bras, entre les jambes, et ce serait elle encore qui gagnerait. Alors à quoi bon. Je me lave, mais je ne me baigne pas. Un jour, il faudra y retourner. Mais pour l'heure, j'observe la pluie frapper mes joues, l'eau douce glacer mon cou. J'essaie d'imaginer ce que « noyer » peut signifier.

***

Aurore, si tu savais… Je suis jeune, mais si vieille déjà. Je n'ai que vingt ans et, pourtant, mes beaux jours sont derrière moi. Ils avaient cet éclat que je croyais éternel. Des chansons, des traces de craie et des marelles. Mes beaux jours, c'était mon enfance, cette période courte et tendre qui m'a portée de la naissance jusqu'à mes six ans. Je les scrute souvent en fumant une cigarette, perchée sur le rebord de ma fenêtre. Mes beaux jours, c'était le bonheur avant la chute. L'insouciance avant le mal. C'était un temps vert, bleu, jaune, avec des volets roses et grands ouverts. Dansaient dedans des rires infinis, des joues pincées et embrassées, et des poupées qu'on partageait sans même se disputer.

Enfin, je crois.

Ils reviendraient me voir, je ne les reconnaîtrais pas.

Aurore

Un soir, épuisée par mes cours, j'ai suivi les autres élèves au bar d'en face. Je n'ai pas attendu qu'ils me le proposent, j'avais simplement besoin d'un café avant de rentrer chez moi. Les étudiants se sont installés dans un coin, je me suis assise au comptoir. De temps à autre, je leur jetais des yeux curieux. J'essayais de les comprendre. En vain. Aucun d'entre eux ne semblait faire attention à moi. J'ai donc tourné la tête pour mieux les ignorer. À travers la vitre du bar, les pots d'échappement soufflaient de longues traînées grises. Ça m'a donné envie de fumer. *Je suis si vide dedans, ça pourrait me remplir.* J'ai abordé mon voisin pour lui demander une cigarette. Steve avait la trentaine et le teint terni par la fatigue. Il portait un costume démodé sous une gabardine beige. Lui non plus n'était pas d'ici. Il m'a parlé avec un fort accent du Nord et, lorsque je lui ai dit « tu n'es pas du coin, toi », il a souri. Ses dents longues et blanches ont illuminé son visage, Steve est devenu ma lune dans ce petit soir sombre. À son annulaire gauche, une alliance se dissimulait sous des poils bruns. Je me suis souvenu des conseils de ma mère, mais, très vite, j'ai oublié. Je ne voulais pas faire attention aux garçons. Je voulais me laisser porter par ce rendez-vous, sentir un corps contre le mien ; je voulais qu'on me sorte de cette torpeur parisienne, qu'on me secoue, qu'on me frappe, qu'on me cogne partout.

Une heure plus tard, nous étions tous les deux dans cette chambre d'hôtel un peu délabrée. Steve l'avait payée soixante francs. Il n'y avait pas de fenêtre et l'ampoule au plafond avait sauté. Je me suis dit que, dans certaines circonstances, Paris pouvait s'éteindre. Des femmes gloussaient derrière les portes et les planchers craquaient sous les pas géants des hommes qui les aimaient.

Steve sur moi et moi toute nue.

Il avait le torse imberbe et musclé, un corps sec et qui coupe presque. Steve était si excité qu'il a oublié d'enlever ses chaussettes. Il a sorti ce qu'il fallait, puis il a gigoté en moi en gémissant. Son souffle tiède s'est mêlé aux rires des femmes d'à côté, aux bruits du bois du lit et aux grincements du matelas sur le sommier.

Plusieurs fois, mon corps a rebondi.
Steve m'a fait mal, mais je n'ai rien dit.

Je me suis persuadée que je ne sentais rien et, très vite, je n'ai plus rien senti. À peine ce flot de sang qui a coulé entre mes cuisses. À peine ce tiraillement dans mon vagin, troué pour la première fois par un inconnu.

Après le sexe, nous avons fumé longtemps. J'ai senti la cigarette rouler dans ma gorge comme une vague de mon enfance. Elle a noyé mon chagrin, empli mes seins d'une substance aqueuse et chaude. Mes seins avaient toujours été petits. Désormais, ils étaient gros, caressés. Désormais, j'avais grandi.

***

La semaine suivante, Steve m'embauchait. Il dirigeait une banque du côté des Batignolles et cherchait quelqu'un pour tenir le guichet. J'ai accepté immédiatement. Quand je faisais l'amour avec lui, ou plutôt : quand il me faisait l'amour, j'étais remuée comme jamais. Sur un lit, par terre dans son bureau, contre une commode ou dans les toilettes d'un restaurant où il m'invitait à dîner. Ma peau réclamait sa part de frissons ; mon ventre, sa part de coups. Ma mère ne savait rien de tout ça. Elle m'imaginait encore vierge, le nez fourré dans la littérature et la philosophie. *Mais non, maman. Mes cours n'ont plus trop d'importance. Ils ont des visages malheureux et me regardent m'éloigner. Seules comptent les mains de Steve.*

De temps à autre, il m'arrivait de vouloir recoudre l'hymen entre mes jambes. Retrouver le calme de mes nuits normandes, le froid de février. Alors c'était toute mon enfance qui s'exprimait. Elle disait : « Aurore, quand tu étais petite, tu partais le dimanche t'asseoir au bord de la mer. Les embruns du large projetaient sur ton visage des sourires éclatants. Tu parlais aux poissons. Un courant brutal emplissait ton cœur de sel ; il devenait lourd et sec, tu peinais à respirer. L'émotion était si vive qu'il fallait que tu écrives beaucoup pour la libérer. Tu ouvrais ton carnet. Le mérou devenait baleine, la raie caresse et le saumon sirène. Ton cœur géant et sanglant semblait projeté hors de ton corps, il devenait un bateau tout offert à la mer. C'est là qu'apparaissaient les silhouettes. Certaines avaient les cheveux dénoués, elles s'envolaient jusqu'aux nuages ; d'autres flottaient à la surface de la mer ou rampaient sur le sable comme des anguilles perdues. C'étaient des personnages, des visions, des fantômes. Tu rêvais de partir avec eux, ballottée par le courant sur un radeau de bois, laissant les eaux décider quelle direction prendre pour la suite de ta vie. Au loin, des paquebots faisaient la queue. Ils attendaient de pouvoir entrer au port du Havre pour décharger leurs marchandises. Tu imaginais les marins, les containers. Les bruits stridents des poulies et des cordages. Les nuits dans les cales, les odeurs d'essence et la suie sur les mains. Tu voyais les palangres sales qu'il fallait nettoyer, les appâts de calamars gelés et les blessures qui s'enflammaient. Sur le pont, peut-être, certains hommes fumaient. Tu imaginais si bien que tu étais marin à ton tour. Toi aussi, tu levais l'ancre. Toi aussi, tu contemplais l'azur du monde. »

Mais l'enfance ne disait pas tout. Elle oubliait le drame des noyades. La petite robe rouge de l'enfant morte finissait toujours par ressurgir quelque part. Certains dimanches, le tissu était pris dans des filets de pêche ; d'autres fois, il dansait dans les courants, accroché à la roche comme un drapeau de guerre. Il était temps pour moi d'arrêter d'écrire et de rentrer à la ferme. Je grimpais sur mon vélo, les jambes tremblantes. Et lorsqu'il fallait prendre le sentier de terre qui longeait la Dives, je serrais les poings tant j'avais peur.

Aube

Je me rappelle ce jour, Aurore, où tu es rentrée grelottante d'un dimanche à la plage. L'air que tu affichais sur ton visage m'a rappelé mon baptême.

J'étais encore jeune fille, ma mère et mon père étaient partis vendre des bêtes au marché. J'en ai profité pour aller me promener. Une voiture m'a prise sur le bord de la route et m'a laissée sur la plage de Houlgate. J'ai marché jusqu'aux Vaches-Noires, ces roches aiguisées, dangereuses et altières qui dominent le sable et l'immensité de la mer. On m'avait mise en garde contre les marées et les risques d'éboulement. Mais l'eau était si loin, si calme, que je m'y suis tout de même aventurée. J'ai couru jusqu'à Villers-sur-Mer. Très vite, le ciel a changé. Mes bas étaient trempés, s'effilochaient à chaque enjambée. L'air glacial entrait dans mes poumons et dévorait mes entrailles. Mes doigts étaient engourdis par le froid, ma gorge serrée par l'angoisse. De combien de temps disposais-je pour parcourir cette plage avant d'être avalée par les vagues ? Les bourrasques humides remontaient rapidement jusqu'aux falaises, chutaient jusqu'à moi dans un terrible hurlement. Je devenais lame à mon tour ; cambrure, vent, houle ; je m'échouais sur la plage, puis repartais vers le large, aspirée par l'eau entière, la matrice de toute vie. J'ai respiré l'air marin et me suis gorgée d'écume gisante, j'ai pris le monde entier dans sa rudesse et sa violence ; c'était un acte d'amour et j'ai poussé les cris les plus purs de ma vie.

De Villers-sur-Mer, une autre voiture m'a emmenée à Honfleur. Je n'ai pas réussi à me réchauffer. Mais le voulais-je vraiment ? J'étais libre et c'était si bon. Un instant, j'ai cru à la splendeur de mon enfance et de mon adolescence, à cette chance d'avoir grandi dans un lieu de nature et d'espace grandiose où les gestes des vivants sont en symbiose avec les mouvements du ciel. J'étais sereine. Mais, lorsque j'ai tourné la tête vers la Seine, tout s'est arrêté. Les cheminées du Havre sont apparues, grandes dames noires dans l'éclat violacé des fumées de pétrole. Les voitures roulaient lentement pour ne pas déranger l'activité compliquée de ce monde raffiné. Des traînées bleues se mêlaient aux nuages rouges. Les oléoducs formaient un réseau veineux dont le cœur semblait battre sous ma poitrine. Jamais je n'avais vu tant de beauté. J'étais connectée à ce fatras de fer forgé, d'échelles et de lampadaires allumés, et il m'a suffi de tendre la main vers lui pour que mon rêve de Paris prenne forme. Je suis descendue du bus et j'ai suivi le chemin qui menait à la Seine. J'ai trempé mes mains et mon visage dans l'eau glacée, comme pour un baptême, et je me suis promis de poursuivre le voyage jusqu'à la capitale.

***

Mon Aurore, j'espère que tu n'es pas trop seule. Tu me répètes sans cesse « maman, je suis transparente », et qu'est-ce que cela signifie ? As-tu des amis ? Tombes-tu amoureuse ? Je sais par ma cousine que tu te nourris bien. Mais ce n'est pas suffisant pour être heureuse. Il faut que tu t'ouvres au monde. Que tu casses ta différence. Laisse ta poésie tranquille, fais-la dormir. Tout le monde ne peut pas accueillir les vers que tu portes en toi. Il faut parfois se taire un petit peu, caler son pouls sur celui des autres, pour s'intégrer.

Aurore

Steve a passé la nuit chez moi. Je crois que sa femme est partie pour le week-end. À vrai dire, je ne sais plus ce qu'il m'a raconté, il se perd dans ses mensonges et sa main commence à me fatiguer. J'aime toujours la sensation qu'elle me procure, mais c'est le reste, l'esprit qui va avec, qui me répugne. Je pense à mon travail à la banque. Je pense à mes études gâchées. Si ma mère me voyait.

À Paris, personne ne me connaît. Pas même Steve. Depuis quelque temps, il se contente de me faire monter dans son bureau deux ou trois fois par semaine. Il n'y a plus de commode, plus de toilettes, plus de restaurant où dîner avec lui. Steve s'allonge à même le sol. Sa moquette est profonde, on croirait plonger dans un bain de poils soyeux. Je m'étends sur lui, puis il me renverse, lèche mes seins, mon ventre. Je le laisse faire sans plus regarder. Parfois je pense aux marins du Havre, aux palangres sales, au sang de mon cœur. Parfois je vois la petite robe rouge virevolter au-dessus de nous. Elle forme le vœu de me faire mal. Je ferme les yeux. Les images restent. Cruelles, folles, furieuses. Steve baisse son pantalon, sort son membre durci et l'enfonce en moi. D'un coup. J'en ai la nausée. Je voudrais que tout s'arrête. Mais si tout s'arrêtait, je ne serais plus rien pour personne.

***

À six heures du matin, Steve est rentré chez lui. Je n'arrive pas à dormir, alors je sors. Je rejoins la Seine pour mieux me rapprocher de la Normandie. Cette masse épaisse et lourde, cette flaque immense d'eau de source, brasse les alluvions du plateau de Langres, déplace les vases du Bassin parisien, avant de voguer tranquillement de Rouen à la Manche. La contempler m'apaise. Elle transporte tant de sentiments. Tant de péniches et tant de souvenirs voilés. C'est une coulée de larmes chaudes sur mon visage endolori.

Depuis cinq mois, j'essaie d'habiter Paris, et depuis cinq mois, Paris ne veut pas de moi. J'ai caressé ses immeubles, j'ai gravi ses trottoirs. J'ai tenté d'aimer Steve et d'avoir un travail. Chaque fois, je tombe encore plus bas. Je dois me rendre à l'évidence : je ne fais que lutter contre la chute du rêve de ma mère. Je voudrais qu'il tienne sur son socle magique, qu'il garde son équilibre. Je voudrais qu'il reste brillant et magnifique, et qu'il guide encore mes pas comme lorsque j'étais petite. Mais je ne suis plus petite. Je gagne de l'argent. Je couche avec un homme. Paris est à portée de main, je le sais, et je voudrais arpenter ses rues telle une reine adulée, trouver ma place et des êtres sur qui compter. Je le voudrais vraiment. Mais je n'y parviens pas. Le soir, dans mon lit, je pose sur mes cheveux une couronne imaginaire. Mon manteau de laine bouillie se change en robe pailletée et ma mère apparaît avec la poudre colorée des fées entre les mains. Elle souffle, elle souffle. Mais rien ne se produit. Je reste cette Aurore solitaire qui sèche ses cours et qui fume toute la nuit. Chaque matin est une épreuve. Et plus les jours passent, plus je redoute l'entrée en scène de mon corps. J'enfile nerveusement mon pantalon ou ma jupe difforme. Mes bottines sont usées, mon écharpe râpée. Je pense aux Parisiennes. Elles ne marchent pas, elles volent sur des escarpins. Elles ont ce maquillage solaire et ces chevelures blondies qui leur donnent la hauteur des étoiles. Moi, je crains le tableau noir, les passages cloutés et les accrochages. J'écoute les professeurs, les voitures et les sirènes. Je serre mon sac contre mon ventre ; j'ai peur de le perdre, peur qu'on me le vole, peur qu'on se moque de son aspect démodé.

***

Je marche toujours le long de la Seine. Sur les pavés, pas de boue dans laquelle m'empêtrer. Les champs couverts de pommiers, les vaches aux regards vides, les foins, la sueur, les pieds et les mains qui sentent la terre…

Où est passée ma Normandie ?
Où donc ai-je disparu ?

Je veux entendre mes souvenirs grogner du fond du fleuve. Les voir soulever l'eau jusqu'à mes pieds pour me ramener chez moi. Je le veux, donc je tends l'oreille et j'ouvre les yeux. Le vent gronde. La surface de l'eau s'arque pour mieux me faire face. La Seine et le vent disent qu'il faut que je rentre ; ils disent qu'ils connaissent le chemin le plus court pour retourner à la ferme ; je dois simplement plonger et me laisser couler, comme cette petite fille à la robe rouge ; me laisser couler jusqu'à l'estuaire, jusqu'au Havre.

Je les entends. Je crois les entendre. Mais non. Cette voix qui m'appelle, ce n'est pas celle de l'eau, ce n'est pas celle du vent. C'est celle de Borée.

***

Borée.

Sa longue chevelure brune lui tombe sur les hanches. Elle danse en rythme avec ses pas cadencés. Il ne faut pas faire de bruit. Le soleil ne s'est pas encore levé et Borée semble vouloir respecter le silence de la nuit. Aucune voiture, aucun passant ne vient rompre ce calme. Ses mains restent cachées dans les poches de son long manteau noir. Elle sort soudain de l'obscurité, comme par magie, et me fixe sans détour. De là où je me trouve, je n'arrive pas à discerner l'exacte couleur de son regard. Ce n'est que lorsqu'elle vient à moi, qu'elle pose l'une de ses mains sur ma veste, que je la distingue enfin. Borée a le fond des yeux noirs, comme le noir de son manteau, comme le noir de ses cheveux. Et tout ce noir est dirigé vers moi.

Je l'aime immédiatement.

Le souffle coupé, je jette un œil inquiet à cette main qui m'empoigne avec insistance. Je ne sais pas comment réagir. Après tout, je ne connais pas cette fille, pourquoi me touche-t-elle ainsi ? Je recule d'un pas, déstabilisée par la proximité qu'elle m'impose. Borée s'avance, elle est maintenant si proche de mon corps que je peux sentir son haleine chaude sur mon visage. « Excuse-moi, je pensais avoir reconnu une amie. »

Je ne réponds pas. Que pourrais-je répondre à cela ? Sa silhouette est pleine de légèreté et de grâce mêlées ; son corps montre un élan vers le ciel sans oser décoller vraiment du sol. Borée est tout en apesanteur. Moi je suis tout en poids. Alors, quand elle ôte ses doigts de ma veste, je lui prends la main pour la serrer fort. Je ne veux pas qu'elle disparaisse. Je veux qu'elle reste, je veux être cette amie qu'elle pense avoir reconnue.

Déjà, je pressens la suite de l'histoire. Je voudrais lui avouer : « Tu m'es apparue, c'est vrai, mais sommes-nous bien ce matin de février, quai des Grands Augustins ? Je ne sais plus, ma vie est bien trop floue. Un jour, tu sauras que c'est pour toi que je n'ai pas sauté. »

Mais je me tais.

Borée murmure quelque chose elle aussi. Je n'entends pas. Le vent court sur la Seine, les eaux débordent et des vagues mélancoliques viennent mourir sur la berge. J'aimerais devenir ces vagues et emporter Borée. Quelque part, loin d'ici. La prendre entière, la tremper d'écume et de sel, puis la déposer sur un radeau de bois imaginaire. Avec elle, j'y crois à nouveau. Avec elle, je pourrais aller n'importe où. Je ne laisserais pas les eaux décider du voyage.

Elle dit : « Comment tu t'appelles ? »
Je réponds : « Aurore. »
Et elle sourit.

Partie II

L'amitié

Borée

Je t'ai retrouvée, Aurore. Je t'ai retrouvée.

Je voulais t'apparaître comme l'amie prodigieuse, alors j'ai patienté plusieurs mois. J'ai attendu que tu sois désemparée et fatiguée, que la Normandie te manque au point de vouloir quitter Paris et tes études pour surgir dans ta vie.

Tu vois comment tu m'as rendue. Je manipule et j'échafaude des plans sans cesse, avec tout le monde, car chaque main tendue est un possible danger dont je dois me protéger.

J'ai campé devant ton immeuble. Détaillé chaque parcelle de cette cour sale dans laquelle se trouve ta chambre. J'ai regardé par ta fenêtre. Je t'ai vue dormir. Je t'ai vue pleurer. Je t'ai vue lire, mais je ne t'ai pas vue sourire. Je t'ai vue respirer le sel de tes bocaux, abattue, et je t'ai vue planter tes doigts dans la terre sèche de tes douze plantes. Je t'ai vue apprendre, je t'ai vue retenir. Je t'ai vue parler toute seule et à voix haute. Parfois aussi, tu t'allongeais à même le sol pour observer le plafond, tes lèvres remuaient comme pour raconter une histoire et j'ai pensé : *Elle ne peut pas y voir de beaux rêves, c'est impossible, Aurore est un diable et son cœur est mauvais. Elle y voit : la Dives, ma sœur noyée, ma mère crevée. Par sa faute.*

J'ai écouté tes professeurs, j'ai assisté à certains de tes cours. Je me cachais derrière la porte ou sous la fenêtre, dans la cour de l'établissement, à droite du préau, et j'ai trouvé que tu ne participais pas beaucoup. Tu avais l'air timide. Mais peut-être que je me trompe. Peut-être sais-tu simplement camoufler tes intentions et tes secrets pour mieux tuer.

Puis, je t'ai suivie jusqu'à l'agence de Steve. J'ai pris rendez-vous avec lui prétextant vouloir placer de l'argent sur un compte, il m'a reçue dans la semaine. Je voulais voir à quoi ressemblait ton amant. Cet homme est laid. Cet homme est vide. Qu'est-ce qui te plaît tant chez lui ? Toi, tu es rousse, éclatante, et tes yeux sont comme des forêts. Lui est petit, marié, idiot. Je ne comprends pas pourquoi tu l'as choisi.

À partir de maintenant, je reste près de toi. Je vais travailler ton cœur, Aurore. Et je te briserai comme tu m'as brisée.

Aurore

J'ai quitté Steve.
Désormais, je suis tout à Borée.

Il n'a pas compris tout de suite, il m'a demandé de répéter cette phrase plusieurs fois : « C'est fini, laisse-moi tranquille. » Il a fumé trois cigarettes d'affilée tout en me fixant, j'avais l'impression d'avoir froissé son amour-propre ou quelque chose comme ça. Je ne sais pas ce qui peut se cacher à l'intérieur d'un homme pareil. De l'orgueil. De la souffrance. Lorsqu'il a écrasé sa troisième cigarette, j'ai repris de plus belle : « C'est fini, laisse-moi tranquille. Je ne monterai plus dans ton bureau, je ne décrocherai plus le téléphone. Je ne veux plus ton haleine sur ma joue. Je ne veux plus ton sexe en moi. Et tous ces mégots jaunes, tes doigts sales, tes ongles rongés qui caressent mes seins. Je ne veux plus. Moi, j'aime les livres et je veux devenir romancière. Libraire ou professeure. Mais tout ça, tu t'en fiches, bien sûr. » Steve a soupiré, puis s'est allumé une quatrième cigarette. Un instant, j'ai voulu le prendre dans mes bras une dernière fois. J'avais le souvenir de nos étreintes, elles frappaient contre mes tympans, mon ventre, ma bouche. Pourtant, je le savais bien, Steve ne m'aimait pas. Entre nous c'était un jeu, le jeu des séductions et de l'homme qui veut te plaire ; le jeu de la femme qui se laisse faire parce qu'elle est perdue et qui finit par trouver de la joie dans tout ça.

Le lundi suivant, il est dix-sept heures lorsque Steve vient me trouver à l'accueil de la banque. Il a l'air anéanti. « Je n'ai pas dormi du week-end et c'est à cause de toi. » Ce que nous causons aux gens, franchement, comment le savoir ? Steve est marié, père de deux enfants. Je ne vois pas très bien ce que ma culpabilité vient faire là-dedans. « Oui, c'est à cause de toi. » Je ne réponds rien. Je le regarde un moment puis, voyant qu'il ne se calme pas, qu'il tripote anxieusement sa cigarette jusqu'à la broyer sur le guichet, je me lève et me dirige vers la sortie.

— Je démissionne. Au revoir, Steve.

— Tu as un mois de préavis, je te signale ! Tu ne peux pas partir comme ça !

***

Entre Borée et moi, tout est allé très vite.

Les amitiés sont parfois plus fulgurantes que les amours.

Avec elle, j'ai enfin le sentiment d'être libre. La nostalgie de ma Normandie, Paris qui me rejette, mes cours qui m'ennuient : rien de tout ça n'existe plus. Je porte des collants qui me donnent l'allure des Parisiennes et mon maquillage fait des ravages auprès des hommes que je croise dans la rue. La jupe évasée que Borée m'a prêtée danse entre mes cuisses ; j'aime la sensation de la soie sur mon corps, c'est la caresse d'un autre monde, celui que j'ai choisi. Je ne suis plus la prolongation du corps de ma mère. Je suis Aurore. Aurore, l'amie de Borée.

Je scrute mon reflet dans le miroir. Si j'avais eu un autre visage, Borée ne m'aurait pas abordée ce matin-là. Elle n'aurait pas dit « je pensais avoir reconnu une amie ». L'été, des taches de rousseur apparaissent sur mes joues. J'aime les compter l'une après l'autre en posant le doigt dessus. La première arrive à la fin juin, en octobre elles sont toutes parties. Nous sommes au tout début du printemps, j'ai encore le teint diaphane.

Borée est allongée sur mon lit et étire chacun de ses membres. Elle m'a téléphoné la veille, je lui ai proposé de passer chez moi, « apporte du vin, j'achèterai du saucisson ». Ses longues jambes serties d'un collant noir opaque remuent mollement sur ma couverture. On dirait deux chattes fatiguées d'avoir chassé trop longtemps. Je suis assise par terre, dos contre le mur, et j'observe la danse de ses pieds. Ses orteils bougent de gauche à droite, donnant à son bassin un léger mouvement ondulatoire.

Borée, je ne la connais pas encore très bien. Pourtant, je voudrais tout lui raconter. Ce que j'ai quitté et ce que j'ai trouvé. Ma vie en Normandie, ma vie à Paris. Mais pour le moment, tout ce que j'arrive à prononcer lorsque je suis en sa présence ce sont les noms de mes professeurs. De temps en temps, j'explique à Borée combien j'aime Victor Hugo, elle me récite des vers. Je lui confie que je me sens seule lorsque je vais en cours, elle répond : « Moi non plus, je n'ai pas d'amis. »

Je décroche un miroir du mur. Ma peau va bientôt fleurir. Je jette un œil furtif à celle de Borée. Elle est mate, elle n'a ni grain de beauté, ni tache de rousseur. Elle est sans défaut, sans anfractuosité, sans cicatrice. Tu es belle, tu sais. Borée ne relève pas. Ai-je vraiment parlé tout haut ? Souvent, je confonds tout. Il y a mes pensées, si présentes qu'elles semblent s'exprimer d'elles-mêmes, et mes paroles, si discrètes que personne ne les entend.

Borée se lève, ouvre grand les bras ; j'entends les os de son dos craquer un à un, puis elle me fixe de ses petits yeux ténébreux. « Des amis fêtent leurs vingt ans ce soir, tu veux m'accompagner ? »

Je pensais qu'elle n'avait pas d'amis.
J'avais dû mal comprendre.

Borée

Nous marchons toutes les deux en direction de la rue Saint-Honoré, tu me suis de près et il va falloir que j'organise mes pensées. Que vais-je faire de toi, Aurore ? De tout ce vacarme que tu mets dans ma vie ?

Ta voix m'est si douce. Si légère, si paisible. Comment peut-elle provenir de cette même personne qui m'a arraché ma sœur lorsque j'avais six ans ? S'y mêlent le chaos de la ville et toute l'absurdité de mes pas qui s'égarent dans Paris. Je ne sais plus pourquoi je marche. Plus pourquoi nous allons à cet anniversaire. Je devrais te pousser en travers de la rue, là, tout de suite ; te pousser pour que ton corps dégringole et qu'on lui roule dessus. Puis je me rendrais chez tes parents, je les tuerais dans leur sommeil. Je devrais…

Qui es-tu, Aurore ?

Aurore

Borée me tient fort par le bras, nous marchons lentement, son regard s'accroche à mon visage. Je veux me laisser porter par ce moment. Il devrait durer toujours : les premières chaleurs du printemps – qui tombent sur mon chignon comme une pluie de vertiges – en compagnie de ma seule amie – qui m'agite le cœur et vole des rougeurs à mon sang.

Borée poursuit sa route, moi je reste figée, envahie par une émotion nouvelle et déroutante, celle de la nostalgie des lieux que je n'ai pas connus. Je m'imagine vivre ici depuis l'enfance. Avoir croisé mille fois ce trottoir déformé, ce feu rouge de la rue Saint-Honoré. La Vierge qui prie dans le noir, au-dessus de l'église qui se dresse à ma droite, était ma statue préférée. Je m'invente des souvenirs d'écolière à l'angle de la rue Molière. Mon collège était plus loin, par là, et, chaque soir après les cours, je buvais un chocolat dans ce café vieillot. Ma mère rouspétait parce que j'en mettais partout, il fallait se dépêcher de rentrer pour nettoyer. Les images défilent dans ma tête. J'ai les cheveux tirés en arrière, ma mère porte un tailleur rose et m'attrape par la main. Elle a peint ses ongles en rouge et son parfum rappelle celui des coquelicots. Certains détails troublants m'apparaissent : nous habitons un grand appartement au cinquième étage, il y a six pièces, deux salles de bains, du marbre blanc dans le salon. Mon père est quelqu'un d'important. Dans ma chambre, des moulures de plâtre au plafond côtoient d'épais rideaux de velours, des peluches s'étalent sur mon lit de petite fille. Dans mon cœur, la nostalgie grandit, grandit, et ce ne sont plus des lieux inventés : je viens d'oublier Dozulé et mon passé est à Paris.

— Aurore ! Réveille-toi.

Borée se tient devant moi.

— Excuse-moi. Parfois, je ne suis plus là.

— Tu étais partie loin ?

— Assez, oui.

— Reste avec moi. C'est tout ce qui compte, désormais.

Elle serre mes mains dans les siennes. Je l'écoute et je l'admire. J'aimerais pouvoir m'exprimer comme elle. Puiser dans le fond de mon cœur ce que cette nouvelle amitié m'inspire et le lui crier. Mais je n'ose pas.

— Tu rougis. Ça te va bien. Tu devrais porter du rouge plus souvent.

— Ah bon ? Tu crois ?

— Il n'y a rien de plus beau qu'une petite robe rouge. Avec tes yeux d'émeraude et tes cheveux de feu, ça serait parfait.

Borée a raison. Je porte en moi toute la Normandie de ma jeunesse. La forêt de Grimbosq, la forêt de Cinglais, la forêt d'Ifs et la forêt de Saint-Sever se partagent les dégradés verts de mes iris. La vallée d'Auge s'étend sur mon front et donne naissance à des lumières éblouissantes ;

mes cheveux sont toutes les plages des bords de Manche, au petit matin, la nuit, le soir ; et tout cela s'unit dans un ensemble jaune orangé qu'il est impossible d'approcher sans se brûler. Il est temps que je l'assume.

Une petite robe rouge…

J'esquisse un léger sourire. Mes mains fendent l'air pour danser avec la femme que je serai.

Une petite robe rouge.

Je sursaute.

Le visage de l'enfant noyée apparaît. À côté, j'entrevois le corps de la mère. Ses veines bleutées s'engourdissent sous la peau blanche. Le sang pulse une dernière fois, puis s'amollit dans l'indolence de la mort. D'un geste rapide, je chasse ce mauvais souvenir. Il n'a rien à faire ici.

***

Quatre garçons boivent des whiskies, trois filles fument à la fenêtre. Ils ont l'air de bien se connaître et engagent des conversations qui ne trouvent aucun écho en moi. Certains se remémorent de vieux souvenirs pendant que d'autres éclatent de rire. Ils ont tissé des liens, année après année, qu'il semble impossible de briser. J'aurais aimé vivre ça. L'amitié de l'enfance. Les regards complices et les promesses d'éternité. Mais je n'ai que Borée.

À quatre heures du matin, nous sommes toujours là, elle et moi, attablées dans la cuisine. Les invités sont partis, il ne reste plus que ce garçon, Alexis, chez qui nous sommes et qui finit par aller se coucher. Borée ouvre une bouteille de vodka. Ma tête tourne déjà, mais je ne peux pas lui refuser ce dernier verre. Je veux tout donner à Borée.

À chaque gorgée, je partage un peu mon mal-être. Je lui fais part de mon aventure avec Steve et de l'état critique de ma scolarité. Je lui décris ces camarades de classe qui ne me regardent jamais. Je lui offre ma poésie, mes débordements du cœur et mon amour pour la mer. Je finis par réaliser que la Normandie était ma vie. Je ne comprends plus ce que je fais ici.

Borée m'écoute en silence, sans me juger. Parfois, elle acquiesce mollement, d'autres fois, elle me fixe sans ciller. Et alors elle est si belle que j'ai beau regarder autour de moi, il n'y a rien d'autre qu'elle. Borée est partout. Elle m'enveloppe de ses longs cheveux noirs et me confie qu'elle aussi a toujours été seule. Elle dit être née dans un monde qui n'est pas fait pour elle. « On ne choisit pas ses parents, on ne choisit pas son enfance. Mais on peut choisir ses amis. » Je ne suis pas sûre qu'on choisisse ses amis. C'est plutôt l'inverse, on ne choisit rien, cela arrive ou cela n'arrive pas. Mais je ne la contredis pas. Je pense : *Choisis-moi si tu veux et reste près de moi, surtout.*

Mon verre se vide, Borée le remplit. Il reste une bouteille de vin blanc, la vodka ça suffit. Dans deux heures j'ai un cours important, mais je veux l'oublier. Je veux perdre la raison pour Borée. Mettre de côté : cette obéissance systématique (pour me tenir maladroite, les pieds perpendiculaires à la route) ; ma mère (son fichu rose tournoierait jusqu'à disparaître au-delà de l'horizon) ; son rêve de Paris (Notre-Dame croulerait sous l'orage) ; et ses espoirs (je ne deviendrais pas romancière, pas libraire, pas professeure. *Laisse-moi devenir ce que je suis, maman*).

Jamais je ne me suis sentie aussi légère que cette nuit-là.

***

Avant que nous nous quittions, Borée me propose de dîner au restaurant le samedi suivant, puis d'aller au théâtre la semaine d'après. Je saute sur l'occasion. Je dirais oui à tout. Je prendrais tout d'elle.

Aube

Je ne dois pas douter. Aurore et moi nous ressemblons. Même sang, même regard, même rêve. La nuit, nous avions peur du vent qui tapait sur les carreaux et nous comptions les étoiles lorsque le sommeil ne venait pas. Le jour, nous fuyions les vaches et les champs pour nous réfugier dans un roman. N'importe lequel. N'importe quelle histoire valait mieux qu'une présence à la ferme.

La seule différence entre nous, c'est qu'Aurore a pu choisir sa vie. Moi, j'ai dû me plier aux exigences de la famille. À seize ans, j'ai quitté l'école pour travailler aux champs et aider mes parents. C'est là que j'ai rencontré Francis. C'était un voisin, il était beau et vigoureux, et il avait déjà son tracteur. Les filles de la région aimaient bien danser avec lui les samedis soir d'été, au bal du village. Sa mère était décédée, son père était malade. Bientôt, il hériterait des terres. « Douze hectares, ce n'est pas rien », disaient les filles entre deux danses. C'est vrai, j'aimais sa façon de sourire, avec ses lèvres retroussées qui plissaient ses joues en une multitude de petits sentiers. Je m'imaginais les parcourir du bout des doigts comme on découvre des pays étrangers. Le soir, quand nous nous promenions dans les bois, Francis me tenait la main. Je sentais les cals et les peaux dures ; j'imaginais les blessures, les coups, les traces plus ou moins profondes qu'avait laissés la vie sur lui. Francis me dévisageait et il étirait les lèvres timidement.

Pour ma part, je n'avais jamais eu de joli sourire. J'avais grandi dans cette solitude qui tue souvent les paysans. Les parents étaient là, les grands-parents aussi. Il y avait le bâtiment, les champs, les animaux. Je suis donc restée. Les grands arbres m'effrayaient, les foins humides et froids me répugnaient. Les nuits glaciales passées à contempler la lune me rendaient mélancolique. Je n'étais heureuse qu'avec les livres. J'en empruntais à mon institutrice et les emportais chaque fois qu'il fallait guider les vaches aux champs ; chaque fois qu'il fallait ratisser la cour, attraper une poule, ranger le grenier ; chaque fois qu'il fallait laver les sols avec l'eau brunâtre du puits. Francis m'a ramenée à terre lorsque nous nous sommes mariés. Nous avons acheté des vaches, un taureau, et avons restauré la ferme de son père. Non loin de là, le village de Gacé s'étendait sur quelques kilomètres. Crépis gris, toits d'ardoises et fenêtres discrètes. À Gacé, on dormait, mais on ne vivait pas. L'hiver était toujours mouillé et les jours avaient la tristesse d'un cimetière abandonné. Les touristes et les belles boutiques, les jours de soleil et les crèmes glacées, c'était sur la côte qu'on les trouvait. Gacé ne comptait qu'une église, sale, morne, peuplée de vieilles dames en robes fleuries, ainsi que deux troquets, un marché minuscule et notre vie de famille.

Plus Francis respirait, plus j'étouffais. Il s'épanouissait à planter de nouvelles graines, moi je dépérissais sous les hautes herbes de notre jardin.

Un jour, il est arrivé à la cuisine, essoufflé. Son ventre remuait frénétiquement, au rythme de sa respiration haletante.

— Aube, fais tes bagages. On part vivre à Dozulé.

— Quoi ?

— Je viens d'acheter une ferme. Plus grande, plus belle.

J'ai reculé d'un pas pour caler mon corps contre le mur. Il ne fallait pas qu'il s'écroule. Francis a continué :

— J'ai pris l'argent. Pas tout. Une partie seulement.

— Qu'est-ce que tu dis…

— Il reste dix mille francs.

J'ai porté une main à ma bouche. Ma tête tournait. Aurore jouait dans mes pieds. Je l'ai regardée, elle n'avait que quatre ans et ne se doutait pas de ce que j'avais fait pour elle, pour moi, pour nous. Elle ne savait pas ce que j'y avais gagné, ce que j'y avais perdu, sans même l'avoir voulu. Francis venait de tout gâcher.

— Je croyais qu'on s'était mis d'accord, Francis. On devait garder l'argent pour Aurore…

— La plage n'est pas loin. On ira le dimanche et tu pourras voir la mer.

— Pourquoi tu ne m'en as pas parlé…

— On mangera des coquillages.

— Mais je me fiche des coquillages ! Je me fiche de la mer ! Je me fiche du dimanche ! Cet argent, c'était celui d'Aurore !

Les larmes ont roulé sur mes joues. J'ai serré les poings de toutes mes forces.

— Je voulais… oh, comment tu pourrais comprendre, toi, avec ta crasse, ta boue, ton foin… tu es né pour rester là ! Faire le tour de ton champ dix fois la semaine et admirer le même ciel chaque nuit ! Seules tes bêtes changent un peu, quand tu les emmènes se faire couper ou qu'y en a une qui crève !

Francis s'est approché prudemment. Il a tenté de me serrer dans ses bras pour me calmer, mais je l'ai repoussé. Aurore nous regardait d'en bas, silencieuse. Elle avait cessé de jouer.

— Tu as peur, c'est ça ? a dit Francis. Personne ne saura d'où vient cet argent.

J'ai retenu mon souffle, paniquée. Francis avait raison : j'avais peur qu'on apprenne la vérité. J'ai pris Aurore contre moi et j'ai murmuré : « Je suis désolée, ma petite chérie. Je suis désolée. »

***

Peu de temps après, nous avons déménagé à Dozulé. J'ai pu m'acheter de nouveaux vêtements et le dimanche, quand il faisait beau, nous allions voir la mer et manger des coquillages. Aurore était à l'arrière de la Citroën. Lorsque nous approchions de la côte, que nous voyions Dives-sur-Mer répandre ses maisons de pêcheurs jusqu'à la Manche, je tremblais. Le ciel pouvait bien être splendide, la mer calme et timide, moi je ne voyais que la petite robe rouge de la fillette flotter à la surface de l'eau. Sa mère se tenait derrière. Elle me scrutait d'un œil mauvais. Elle demandait ce que nous faisions là. Elle voulait qu'on les laisse tranquilles, qu'on les abandonne pour toujours à leurs tourments de fantômes. Mais c'était impossible. Le secret que nous portions Francis et moi était bien trop encombrant pour être oublié. Je savais d'où venait l'argent. Je m'efforçais de ne pas y penser, mais je savais.

Aurore

Depuis quelques semaines, Borée et moi avions pris l'habitude de passer nos soirées ensemble. Nous nous retrouvions en fin de journée avec deux ou trois bouteilles de vin et nous buvions tranquillement, l'une à côté de l'autre. Parfois nous étions dans un jardin. Parfois sur un banc. Parfois sur le toit d'un immeuble et alors, les étoiles étaient immenses, plus immenses encore que celles que je comptais avec ma mère quand j'étais petite. Nous racontions beaucoup d'histoires, Borée et moi, les yeux rivés au ciel, tout en fumant nos cigarettes.

— Un jour, j'irai au Mexique, disait-elle. Le Mexique, c'est toute mon enfance.

— Tu y as vécu ?

— Non. Mais ma mère était bonne cuisinière. Elle adorait le chocolat et préparait plein de gâteaux. Je la revois encore dans sa grande cuisine blanche. Elle mélangeait les œufs et la farine, le sucre et le chocolat, avec l'élégance d'une fée. Plus tard, je me suis renseignée. Les toutes premières traces de cacao ont été trouvées sur la côte pacifique du Chiapas, au Mexique. Et moi j'irai bientôt là-bas. Me gaver de cacao et des gâteaux de mon enfance.

J'adorais l'écouter parler. Les mots de Borée sonnaient juste. Ils me rappelaient ceux de ma mère. Lorsque nous cessions nos conversations, il était tard. Borée passait la nuit chez moi, dans mon lit. Elle disait qu'elle n'aimait pas dormir seule. Nous nous serrions l'une contre l'autre et je m'endormais comme ça, mon souffle mêlé au sien.

Borée

Chaque moment que je passe avec toi m'oblige à fléchir. Chaque frôlement, chaque confidence m'affaiblit. Serais-je en train de céder, Aurore ? Mais comment le pourrais-je ! Par ta faute, ma famille est décimée ! Je ne peux pas te pardonner, c'est impossible… À moins que je ne sois devenue un diable, moi aussi.

Ce mal qui me ronge, ce grognement incessant qui s'excite au fond de moi, cette bête tapie dans un coin pourri de mon cœur, qui crie, nuit et jour, qu'il faut que je me venge ! Ce sont les manifestations de ma douleur. Je cherche les mots pour l'apaiser, là, là, calme-toi, douleur, calme-toi, essaie de t'allonger un peu, de prendre toute la place dans mon corps ; essaie de t'étendre du bout des pieds à la pointe des cheveux et vois qu'en moi, le noir n'est pas la seule couleur. J'ai la peau blanche, les lèvres rouges. Dans le fond de mon regard brille une Voie lactée. Mes ongles sont toujours peints, j'en change la teinte selon mes humeurs : aubergine, grenat, azur, amarante, grège, zinzolin ou smaragdin. Je suis un arc-en-ciel. Je suis capable de resplendir.

J'ai bien réfléchi. Il est temps de partir. Mettre quelques robes dans un sac, des pantalons et ce manteau, et prendre le train gare Saint-Lazare. Je dois retourner en Normandie et garder le cap que je me suis fixé.

***

Avant de disparaître, mon père répétait sans cesse : « Ne t'inquiète pas des tempêtes, Borée, ne t'inquiète pas. »

Mais si, je m'inquiète.
Tu es ma tempête, Aurore.
Et je crois que je t'aime.

Aurore

Ce soir-là, Borée m'avait retrouvée chez moi. Je venais de trouver du travail dans une librairie quelques heures par semaine après les cours. J'hésitais à lui annoncer. Travailler impliquait de la voir moins souvent. Nous passions notre temps toutes les deux et je ne voulais pas tout gâcher. Mais je n'avais plus le choix. Chaque franc dépensé me serrait la gorge puisque cet argent, c'était celui de ma mère, et que ma mère ne savait rien de ma nouvelle amitié avec Borée. Elle continuait de me verser chaque mois ce qu'il fallait pour me nourrir, me vêtir, déambuler dans Paris, sans imaginer que je me privais de dîner quatre soirs par semaine pour pouvoir suivre mon amie dans ses sorties parisiennes. Le mois dernier, ma mère m'avait fait comprendre que ça devenait difficile. « L'argent commence à manquer. Et si tu donnais des cours particuliers ? »

Borée se tenait là, devant moi, splendide et souriante, et je sentais des mots énormes encombrer ma gorge, « emploi », « argent », « campagne », « Normandie », « ferme » ; tous obstruaient l'entrée de ma bouche avant de s'entasser sur ma langue tel un amoncellement de déchets. J'ai vu mon visage se décomposer et les laisser s'échapper, ces mots ont creusé des trous dans mes joues pour se déverser hors de moi ; ils ont inondé ma chambre et le visage de Borée ; je voulais couvrir mon amie de ces mots, la submerger d'« emploi », « argent », « campagne », « Normandie », « ferme », et tout lui expliquer. « Je n'ai pas tes moyens, mes parents n'ont pas d'argent, d'ailleurs je ne sais pas comment ils ont fait pour m'aider jusqu'à maintenant. » Mais je n'en ai pas eu le courage. Borée me regardait étrangement, avec des yeux de prédatrice que je ne lui connaissais pas. C'est à ce moment-là qu'elle m'a demandé de lui raconter ma vie en Normandie. J'ai retenu mon souffle. Avait-elle lu en moi ?

— Mon passé n'a aucun intérêt.

J'ai fixé les quatre murs de ma chambre, un à un, et j'ai soupiré, donnant l'impression d'habiter là depuis toujours.

— Mais tes parents ne te manquent pas trop ? a lancé Borée.

— Non, puisqu'ils sont morts.

Pourquoi avais-je dit ça ?

Pourquoi avais-je menti ?

Peut-être parce que j'avais honte. Je venais de la campagne, mon enfance avait été aussi cerclée qu'un champ de bovins. Quelle fierté pouvais-je donc tirer de ces premières années ? Qu'aurais-je bien pu dire à mon amie ? Mon père est un ignare qui ne m'a jamais aimée. Ma mère est devenue folle à force d'être enfermée. Quant à mes frères, ils sont pareils à deux taureaux, ils portent en eux la violence de la nature, la crasse de la terre, et ils se moquent bien des choses de l'esprit.

Ou alors, j'ai menti parce que Borée non plus ne me confiait jamais rien. Nous étions proches, toutes les deux, nous nous voyions chaque soir ou presque, et pourtant elle m'échappait. Borée n'avait pas d'âge, pas de nom de famille à m'offrir. J'ignorais tout de son passé. Quand as-tu pleuré pour la première fois, Borée ? As-tu un homme dans ta vie ? Des frères, des sœurs, des parents ? Tu dis aimer la poésie, mais lis-tu vraiment ? Tu cites des vers et alors ? Tout le monde peut citer des vers. Ça ne veut pas dire que tout le monde ressent la poésie.

— Il faudrait qu'on aille chez toi la prochaine fois, ai-je dit. J'aimerais bien voir où tu vis.

Borée a fait la moue. J'ai repris :

— Au fait, j'ai trouvé du travail. Dans une librairie.

Elle m'a observée froidement tout en croisant les bras sur son ventre.

— Tu commences quand ?

— La semaine prochaine. On se verra moins, tu sais.

Borée

Tes parents sont morts. Je n'arrive pas à le croire. Il y a quelques semaines encore, ta mère écrivait à mon père pour lui demander davantage d'argent… Tout serait donc arrivé si vite ? Dans quel enfer m'a-t-on projetée ? Comment se peut-il de souffrir autant, de voir ma vengeance arrachée ?

Je rassemble mes idées.
Serait-il possible que tu mentes, Aurore ?

Tu n'as pas vraiment changé depuis que je te connais. Pas de larme nouvelle, pas de cœur fendu. Aucun bouleversement dans ta manière d'observer le monde ou d'approcher les autres.

Moi, j'ai perdu ma sœur, ma mère. Ensuite mon père, d'une certaine façon. Quand ceux que l'on aime s'en vont c'est toujours dramatique. Toujours ça laisse des traces profondes, toujours ça creuse dans la chair des cicatrices bien nettes qui ne partiront jamais vraiment.

Au lieu de détruire ta famille, au lieu de t'achever, toi, c'est moi que je devrais supprimer. Je m'approcherais d'une rivière, n'importe laquelle. Cesserais de me tenir la main. Pousserais dans mon dos, vers le vide, et partirais.

Aurore

Ma mère continue de m'appeler une fois par semaine, mais nos conversations sont des chuchotements lointains. On ne se raconte plus rien. Elle voudrait que je rentre en Normandie. « Quelques jours, Aurore. Tu verras comme les pommiers sont fleuris. » Mais que peuvent les pommiers, que peut le printemps face à mon amitié avec Borée ? Je ne veux pas la quitter.

***

Mes premiers jours à la librairie se déroulent sans encombre. Mon cœur sonne un peu creux, mais je gagne l'argent dont j'ai besoin. Le travail est simple, les gestes répétitifs. Je gère les stocks de fournitures pour les écoliers. Je commande ce qui manque, des trousses pour la rentrée de septembre, des cahiers lignés et des classeurs de toutes les couleurs. J'encaisse les clients, je conseille quelques romans à lire aux plus curieux et je souris beaucoup, même si j'ai de la peine. Mon mensonge me pèse. Les cadavres imaginaires de mes parents déambulent parmi les rayonnages de la boutique et, de temps en temps, l'un des deux se redresse comme rattrapé par un souffle de vie. J'observe la scène, effrayée. Faut-il que je les chasse ?

Faut-il dire la vérité à Borée ? Mes parents sont quelque part dans le Calvados. Ils préparent le déjeuner, empilent le bois ou comptent les jours qui séparent encore le printemps de l'été, car cet été, je vais rentrer. Je l'ai promis à ma mère. Je n'ai pas revu la ferme depuis le mois de septembre et je me demande : mon père et mes frères sont-ils toujours aussi muets ? Ma mère porte-t-elle encore ses jupes longues et ses quatre boutons de nacre à la taille ? Parfois au téléphone, à elle aussi je mens. Je lui dis que la Normandie me manque. Que le soir, en m'endormant, je me remémore la boue du chemin du bout du jardin, celui qui mène à la route communale, et que je m'imagine courir avec les bottes, faire des taches sur mon pantalon et rire de tout ça. Je devine le sourire caché de ma mère, au bout du fil, et je sais que son cœur se serre. En réalité, je ne pense jamais à la ferme. J'ai oublié la boue, les foins, les bêtes. Je ne veux que Borée. Son amitié, sa présence. Ses rêves de Mexique et de chocolat.

***

Avec mon premier salaire, j'ai pu renouveler une partie de ma garde-robe. Je porte maintenant des pantalons serrés et des bottes de cuir hautes comme la tour Eiffel. J'ai ce nouveau parfum à la violette et je trouve qu'il sent bon comme le cou chaud de Borée lorsqu'elle a dormi dans mon lit. Je prends le temps de flâner devant les vitrines des magasins. J'aime placer mon reflet sur les mannequins et admirer la chute parfaite des jupes d'été sur mes hanches. Et puis : je me suis acheté cette petite robe rouge, aperçue dans une boutique du Marais. Je suis impatiente de la montrer à Borée.

***

Lorsque je lui ouvre ce soir-là, j'arbore fièrement ma nouvelle tenue. Elle pousse un cri si aigu qu'il me fait sursauter.

— Oh ! Aurore… Tu es…

Borée paraît subjuguée.

— Mes parents sont vivants, tu sais. Je t'ai menti. Excuse-moi.

Borée recule d'un pas. Elle passe une main dans ses cheveux pour dégager les quelques mèches qui barrent son visage. Elle soupire longuement – le temps, sans doute, de prendre toute la mesure de mon aveu – et s'avance vers moi. Elle tend une main, que je saisis sans hésiter. Je suis soulagée qu'elle ne m'en veuille pas.

— Ils habitent une ferme et ça me fait honte. Enfin je crois…

Je baisse les yeux. Borée étouffe un rire grave, troublant, qui ne ressemble pas à ses rires habituels. C'est un rire profond, lourd, presque effrayant ; il résonne comme un râle emprisonné depuis trop longtemps dans son ventre. Ce rire s'épaissit, prend de l'ampleur ; Borée ouvre grand la bouche pour le laisser s'échapper. Son visage est métamorphosé.

— Pourquoi tu ris comme ça ?

Cette fois, c'est moi qui recule d'un pas.

— Je suis heureuse, c'est tout. Montre-moi ta campagne, Aurore. S'il te plaît.

— Pour quoi faire ? Je ne comprends pas…

— S'il te plaît.

Plus tard dans la soirée, nous retrouvons des amis de Borée dans un bar de Saint-Michel. Ils me paient des verres. Je bois jusqu'au lever du jour. Borée ne me quitte pas de la nuit. Elle répète cette phrase : « Ensemble toujours, toi et moi. » Je ne cherche pas à comprendre ce qu'elle veut dire. J'essaie d'oublier l'horrible figure qu'elle a eue lorsque je lui ai avoué mon mensonge et me concentre sur l'instant présent. Borée ne parle qu'à moi, les autres n'existent pas. Nos corps sont soudés comme s'ils provenaient d'un même socle, d'un même terreau. Deux statues allant sur le même chemin ou deux bêtes aux pelages accordés. Borée me parle de son enfance, elle dit que la mer lui manque. « Je ne l'ai pas vue depuis si longtemps. Je ne saurais même plus reconnaître la forme d'une vague. Emmène-moi en Normandie, je t'en supplie. Je voudrais respirer, rencontrer ta famille. » Puis il y a cette étincelle dans la vitre du bar où nous sommes. Une étincelle rousse et noire. Je me lève, je prends Borée par le bras. Dehors, la lune est pleine et ronde, elle a l'air pur et pare le visage de mon amie d'un bleu presque transparent.

— Allez viens, on s'en va, fais-je. Il y a d'autres bars et si toi, tu es mon amie, tes amis ne sont pas les miens.

— Et toi, tu es ma meilleure amie.

Elle se tait un moment. Mon cœur bondit dans ma poitrine. Si fort que Borée me serre contre elle pour le calmer. Sa respiration s'adoucit, son souffle chaud se déverse maintenant dans mon cou. Borée caresse longuement mon dos, ses seins viennent cogner les miens. J'ai l'impression d'être pénétrée par elle. Pénétrée par son esprit, sa peau, ses envies ; pénétrée par toute sa personne, de ses pieds aux ongles peints jusqu'à ses cheveux ondulés ;

tout d'elle est en moi, tout de moi est en elle. Borée me donne un second coup, comme un câlin plus puissant encore, plus viril ; nous ne formons plus qu'une seule et même personne, dans les bras l'une de l'autre. Cela n'a rien de sexuel et pourtant : je l'aime.

— Tu as deux regards, murmure-t-elle au creux de mon oreille. Ton enfance à la ferme te fait des yeux comme des étoiles. Et ta vie présente à Paris les rend tristes. Elle chamboule tout. J'imagine que tu te sens perdue. Mais je suis là. Ne t'inquiète pas des tempêtes, Aurore. Ne t'inquiète pas.

Je me tourne vers la route, les voitures brûlent comme des flammes d'incendie. Je suis leur course infernale. Je ne sais plus s'il faut être enchantée ou désarçonnée, s'il faut continuer ou m'arrêter là. Borée m'aime, j'aime Borée. Et cela m'effraie.

— Et toi, tes yeux ? Pourquoi ils sont si sombres ?

— C'est le Mexique, Aurore.

— Comment ça ?

— Le gâteau au chocolat de ma mère. Mon enfance…

Borée soupire, visiblement émue.

— Tu viendras, là-bas, avec moi ?

— Bien sûr.

— C'est promis ?

— Promis.

La pluie trempe mon visage. Et peut-être que je pleure aussi. Je me dis : alors tout serait né à cet instant, entre Borée et moi. Mais y a-t-il seulement un instant où tout bascule, tout se mêle et tout jaillit ; un instant où l'on se dit : *Ça y est, cette personne est mon amie ?* J'ai beau chercher, je ne me souviens plus de ce qui a fait de moi l'aimante et l'aimée ; je ne me souviens plus de cette seconde où les mains de Borée ont pris les miennes. Il y a eu tant de soirées, tant de confidences. Tant de gestes qui cassent la distance. Parfois nous sommes si près l'une de l'autre que je ne sais plus très bien si c'est moi qui respire ou si c'est elle qui souffle et qui m'emplit.

Borée

Que mets-tu dans mon cœur, Aurore ?
Es-tu sincère, sais-tu qui je suis ?

Ce soir, tu portais cette petite robe rouge. Et ça m'a bouleversée. Le souvenir des noyades m'a éclaboussée. Myriam aurait ton âge si tu ne l'avais pas poussée dans la Dives. Elle aurait ton âge, peut-être ton rire, et peut-être serions-nous proches elle et moi, comme deux sœurs et deux amies.

Je t'ai fait cette accolade brutale tout à l'heure ; je voulais tout t'exprimer en un seul geste, mon amitié et ma haine, mon désir de me perdre en toi et mon besoin de te faire mal. Tu as plongé mon existence dans une mer hostile où flottent tant de cadavres ; ils ont coulé depuis longtemps vers le fond des abysses, mais, régulièrement, ils refont surface, tendant des bras mous aux veines vides, des bras qui ne s'agitent même plus dans l'espoir d'être sauvés. Des bras morts, ballottés par la turbulence des flots, la grisaille du ciel. Et mes larmes énormes qui ajoutent chaque jour, à toute cette eau, un peu plus de sel.

J'imagine la vie que j'aurais pu avoir si nous ne t'avions pas connue, Aurore. Ma mère et mon père s'aimeraient encore. Monique et Tristan, Tristan et Monique, on les aurait ainsi nommés, jamais personne ne se serait permis de parler de l'un sans faire référence à l'autre. Avec ma sœur Myriam, nous aurions construit mille châteaux de sable en Normandie. D'ailleurs ce jour-là, ce jour où Myriam est morte, c'est ce que nous nous apprêtions à faire. Il était prévu d'aller manger une glace sur la digue de Houlgate en passant par la rue des Bains et tous ses magasins ; nous aurions trouvé un seau, une pelle et un râteau, et comme tous les enfants de la plage, nous nous serions assises, les fesses dans le sable mouillé, attendant que les vagues du grand large viennent couvrir nos mollets. Myriam aurait tapé sur son premier pâté en rigolant, je lui aurais baisé la joue, puis à mon tour j'aurais fait un pâté, puis deux, puis trois, nous aurions eu nos quatre tours et nous serions parties en quête de coquillages pour faire des fenêtres. Qu'aurions-nous vu à travers ces fenêtres ? L'enfance éternelle, sans doute. Ce temps sans souci ni conscience des choses. Nous aurions aussi entendu : la mer s'énerver, notre mère nous demander de nous rhabiller, « il commence à faire froid les filles, la tempête approche ». Notre père, comme d'habitude, serait resté apathique, étendu sur le sable. Seules les premières gouttes de pluie auraient fini par le réveiller.

Mais rien de tout cela n'est arrivé. Nous n'avons jamais mangé de glace, nous n'avons jamais sorti nos seau, pelle et râteau. Myriam est morte avant d'avoir pu taper sur le sable mouillé et moi je suis restée ici, sur le bas-côté de la Dives. Ce sentier de terre qui m'a traversé le cœur.

Ce jour-là, je suis morte aussi et personne ne le sait.

***

La petite robe rouge que tu portais a modelé ton corps à la manière d'un masque mortuaire, Aurore. Elle a tassé tes clavicules, corseté tes seins. Toute la nuit, elle a raidi tes épaules, serré tes fesses jusqu'à les rendre explosives. Tous les garçons t'ont regardée.

Moi, je ne sais plus qui je regarde.

Parfois tu sembles fascinée par moi, parfois tu es si lointaine. Je me pince, le bras, le ventre, la joue, je me pince et j'ai mal. J'essaie de ne plus avoir mal, mais j'ai mal, Aurore. Plus je te côtoie, moins je vois clair en toi. Est-il possible que tu sois plus sorcière que moi ? Pourtant, quand tu me contemples d'en bas, assise par terre sur la moquette râpée de ta chambre, tu es ridicule ! Quand tu portes ce chemisier démodé, avec tes cheveux mal peignés, tu es ridicule ! Quand tu croises tes mains fermement contre ta poitrine tant elles tremblent lorsque tu me parles, tu es ridicule ! Je vois tous ces détails ! Ces détails qui font de toi cette jeune fille simple et insignifiante, moyenne dans tout ce qu'elle entreprend… Tu n'as pas de charisme. Tu n'as pas d'ambition. Tu ne mets aucune grandeur dans tes propos ou dans tes gestes. Tu vis chaque instant petitement, tu prends ce que la rue t'offre de « bonjour » et recueilles sagement les encouragements de tes professeurs. Tu suis peut-être de bonnes études, mais tu n'en feras rien : tu n'es pas du genre à t'imposer, pas du genre à briller. Mes parents l'étaient. Toi tu n'es rien. Et je te crache au visage. Ensuite je lèche, car oh ! Je t'aime.

Vraiment ?

Quand je te parle du Mexique, ma poitrine se soulève. Je partirai bientôt, ce moment approche, je le sais, et quand je t'imagine là-bas avec moi, je suis heureuse. Heureuse et tourmentée. Je ne sais plus ce que je ressens. Se peut-il qu'il y ait encore une trace d'amour en moi ?

Aurore

Je fais ce cauchemar.

Je me tiens droite sur le bord de la Dives. Je suis minuscule. Je porte ce tricot rose que ma mère aime tant et des sandales ouvertes aux pieds. Je me penche dangereusement au-dessus de l'eau. Mes parents, derrière moi, ne s'en inquiètent pas. Je cherche la forme rouge de ma première enfance ; ce corps désarticulé, livide, aux veines bleutées. Les lèvres figées de la petite fille. Ses mains glacées, ses pieds gonflés par l'eau salée. Mais je ne vois rien de tout cela. Le lit de la rivière est obscur et la mer gronde au loin. Les vagues de Houlgate et de Cabourg s'engouffrent avec violence dans l'estuaire de la Dives, inversant le courant des choses. Le père et la sœur de l'enfant noyée ne sont pas là, mais je peux sentir leur présence si fortement qu'ils finissent par apparaître. J'ai un mouvement de recul. Là, face à moi, Borée se tient debout. Elle m'agrippe l'épaule et murmure : « Chut… »

Je me réveille en sueur. Mes draps, ma couverture, mon oreiller sont trempés de cette peur si propre à la nuit. Autour de moi, l'obscurité est totale. Un instant, je me crois revenue en Normandie, dans la ferme de mes parents. J'attends le cri du coq, le meuglement des vaches. Mes frères vont bientôt surgir du placard pour me faire peur. Je suis impatiente de humer l'odeur des œufs brouillés que ma mère prépare le matin. Mais rien ne vient. Il me faut quelques minutes pour retrouver mes esprits. Je suis dans cette chambre moite et petite, en plein cœur de Paris. Le premier métro rugit sous mon corps, les mondes souterrains s'éveillent doucement ; je me remémore le bruit des bottes qui résonne en ce moment même dans les tunnels. Je pense aux murs sales de la ville, aux chuchotements des passants fous que je croise parfois dans les squares, à tous ces chiens immondes qui pissent là où ils veulent, et je pense à la noirceur des pigeons, à la noirceur de Borée.

Paniquée, j'allume ma lampe de chevet.

Borée n'est pas là. Elle n'a pas dormi chez moi.

Je me lève lentement. Ma tête me fait souffrir. J'ai encore trop bu et je n'ai plus de médicaments. Les tiroirs de ma salle de bains sont vides. Sur le chemin de la pharmacie, je ne sais plus ce qui est vrai, ce qui est faux. Ai-je bien rêvé des noyades sur le bord de la Dives ? Borée était-elle présente, dans ce rêve, dans la réalité ?

— Je voudrais quelque chose pour le crâne. Quelque chose qui calme la douleur.

La pharmacienne m'apporte une boîte d'aspirine. Je lis : « À éviter en cas de saignements. » Je saigne beaucoup en ce moment. J'ai toujours saigné. Mais je prendrai tout de même une aspirine.

Je porte encore cette robe rouge. Elle sent ma nuit d'ivresse, la fatigue du coucher tardif. Et lorsque j'aperçois mon reflet dans la vitrine d'un magasin, je m'arrête et j'éclate en sanglots. Je pense à la petite noyée, à sa mère. Je pense à ce chemin qui longe la rivière et, un instant, j'en suis convaincue : Borée était là, elle aussi.

Aube

Cela fait si longtemps que je mens.

J'observe mes mains et je ne les reconnais pas.

Francis m'a épousée un jour de mai, évidemment il pleuvait ; il m'a épousée, mais ne m'a pas embrassée quand le prêtre l'y enjoignait. Avant lui, j'étais tout à ma mère, après lui, j'ai été tout à lui. Je n'existe pas car je ne m'appartiens pas. Je suis à tout le monde. Je soutiens, j'accompagne, j'épaule ; je pense sans cesse aux membres de ma famille ; je m'occupe du linge, des courses et du ménage ; je ne regarde jamais la télévision ; je cuisine le matin, au déjeuner, le soir, et je plie même les chemises de mes garçons. Je les plie au millimètre près, à l'aide d'un fer à repasser lourd comme le poids de mes regrets.

Ces yeux verts ne sont pas les miens, ce sont ceux de tous. Cette bouche sans mouvement, ce n'est pas la mienne, c'est celle des autres. Mes rides sont les rides de mes enfants, les rides de Francis, les rides de ses vaches, les rides de ses ouvriers, les rides de son coq et les rides de ses poules ; et mon souffle inspire toute cette vie qui grouille à côté de moi pour la recracher sur l'herbe et y planter une flore qui ne m'appartient pas. Quelquefois mes mains me donnent l'impression de trembler pour les autres. Lorsqu'une poule vacille, qu'une vache semble souffrir : j'ai mal aussi. Quand Aurore me téléphone depuis Paris, « maman, je t'assure, je suis heureuse », je devine qu'elle a pleuré. J'entends les larmes creuser ses joues. Pelletée par pelletée. Je sais qu'elle ment, elle aussi. La mer de chez nous la rattrape et submerge toute son existence. Aurore est plantée dans la terre de Dozulé, que je le veuille ou non. Elle ne réalisera pas mon rêve. Paris n'est pas pour elle. Je n'ai plus rien et personne ne m'appartient.

Hier tout de même, il a plu chaudement sur mon visage, alors j'ai ressenti le début d'une euphorie. Une euphorie rien qu'à moi. C'est l'été à Dozulé, en fin d'après-midi les herbes grillent au soleil, et je me suis dit : *Cette euphorie n'est rien qu'à moi*. C'était furtif, très vite j'ai réalisé que je n'avais plus de visage. J'étais devenue la pluie. Ma bouche s'est transformée en escargot, elle a rampé lentement vers l'herbe du fond du jardin, laissant des traces épaisses sur la terre. J'ai suivi sa course dangereuse : ma bouche était seule face aux poires, seule face aux mûres et face aux prunes. Seule face aux bébés chats qui meurent tout bas près du portail. Puis, mon souffle est allé à la rencontre du vent. Il a caressé le grand chêne, poursuivant son expansion, il s'est gorgé de l'orage qui naissait et j'ai réalisé que je n'étais plus perdue. J'étais désormais le vent, l'escargot, la pluie. J'avançais en bavant de la poésie, dans un jardin où meurent des bébés chats.

Quand j'ai réinvesti mon corps – il fallait bien y retourner, pour Francis et les garçons –, j'ai regardé autour de moi. Il n'y avait plus personne pour me ressembler. Tu n'es plus là, Aurore. Et je ne sais pas quand tu reviendras.

***

Mon bébé, ma fille. Ma chair née de ma chair, que j'aimerais tant réintégrer à la mienne. Je te serrerais fort, violemment ; tu perdrais toute identité pour revenir à moi. Tu t'écraserais contre ma poitrine, tu rejoindrais mon ventre, l'utérus, le cordon. Tu serais à nouveau reliée à mon corps sans autre choix que de recevoir ce que je te donne. Je te bercerais comme lorsque tu étais bébé. Comme lorsque tu n'avais que moi.

Ma petite Aurore.

Tu disais que tu voulais voir les pommiers fleurir, mais le printemps est passé, les fleurs sont tombées. Les abricots pourrissent déjà et les cerises, là-haut sur la colline, sont dévorées par les corbeaux. J'essaie de les chasser pour te faire des confitures, celles que tu aimes tant, avec de gros morceaux dedans, mais je n'en trouve pas assez. Cela va faire un an que tu es partie. Et seule la nature me fait face. Une nature sauvage, imposante, dangereuse. Et dans le fond de mon ventre, plus que jamais, j'entends mes oiseaux hurler.

Aurore

Quand Borée m'a téléphoné un peu plus tard dans la journée, c'était pour m'inviter à une fête. Encore. Le mal de crâne ne m'avait pas quittée, ma chambre tournait autour de moi, j'étais comme au centre d'un monde en vrac. Chemisiers, collants, robes et talons hauts, ces déchets de soirées parisiennes s'amoncelaient sur la vieille moquette de Nicole D., sans compter les cendriers remplis de mégots. Cela m'écœurait. Je ne m'étais pas remise de notre dernière nuit et encore moins de ce cauchemar inquiétant que j'avais fait des noyades, avec Borée.

Je l'ai tout de même retrouvée dans ce bar de Saint-Sulpice. Borée s'était endormie sur l'une des banquettes du fond de la salle, un lieu obscur, à peine éclairé par de minuscules ampoules plantées çà et là dans des murs gris. On aurait dit des étoiles en fin de vie, forcées de resplendir une dernière fois. Je me suis assise près d'elle, je l'ai bousculée doucement pour la réveiller. Quand elle a ouvert les yeux, elle a eu un léger sourire. Sa tête est retombée mollement sur son épaule. Borée avait bu, comme d'habitude. Elle m'a attrapé le bras avec difficulté, son haleine sentait le rhum et la banane, et elle avait mis ce rouge criard sur ses lèvres. Je ne l'avais jamais vue si maquillée.

— Tu n'as pas ta robe rouge, ce soir ? a-t-elle lancé, avachie sur la banquette.

— Elle sent la cigarette.

— On s'en fiche. Retourne chez toi, mettre ta robe rouge… On part au Mexique !

Borée divaguait. Je fixais toujours ses lèvres écarlates. L'un des clients du bar a proposé de m'offrir un verre, j'ai refusé. Il a pris ma main et y a posé un comprimé bleu, je le lui ai renvoyé à la figure. Je devais quitter cet endroit. La musique hurlait des sons graves dans mes oreilles, comme des bourdonnements de frelons, et les bouches géantes des corps qui m'entouraient semblaient aussi dangereuses que les vertex difformes de ces insectes. J'étais prisonnière de leur nid, leurs chansons devenaient inquiétantes. Les mâles passaient des pattes moites et tremblantes sur leurs ventres bedonnants tandis que les femelles sautillaient de verre en verre jusqu'à l'ivresse totale. Une jolie guêpe blonde est montée sur le comptoir. Borée l'a regardée en souriant. Qui était cette fille ? Elle avait de longs cheveux d'or, du khôl et des paillettes sur les paupières. Une chaleur sensuelle, presque sexuelle, se dégageait de ses gestes. Lentement, elle a déboutonné son chemisier. Tout le monde s'est excité. Ce n'était plus la guêpe du bar, mais bien une fleur, une fleur splendide, jaune et noire, qui s'apprêtait à offrir son nectar à qui voudrait bien la butiner. Elle dansait maintenant sur le zinc, langoureuse et sucrée ; son soutien-gorge rouge, du même rouge que celui des lèvres de Borée, gonflait ses seins comme deux pétales de pétunias. Les clients ont crié de plus belle. Borée s'est levée pour s'approcher. La fille s'est tournée vers elle et s'est assise sur le comptoir. Elle a tendu des comprimés bleus, et Borée les a gobés. Sans hésiter.

C'est là que je suis partie.

Dehors, le mauvais temps de la nuit dissimulait les étoiles. Plus rien ne brillait. Les stores du bar se sont abaissés dans un grincement strident, marquant un peu plus les contours de la frontière qui se dressait entre Paris et moi. Cette ligne imaginaire s'était estompée grâce à mon amitié avec Borée, mais son tracé résistait.

Là, dans cette nuit triste et sans lumière, je ne voulais plus me forcer. J'ai relâché les poings, la mâchoire et les derniers relents d'espoir qui rôdaient encore dans mon cœur. Cette frontière a gravi des kilomètres de ciel et s'est étirée à l'infini, au-dessus de moi, au-dessus du monde entier. Je me suis souvenue de ce jour où j'avais pris le train pour Paris. Je quittais la Normandie pour la première fois. J'étais angoissée. Mais j'avais un rôle à tenir, celui de réaliser le rêve de ma mère. Ma mère que je n'avais pas vue depuis un an.

Seule dans les rues bruyantes de Paris, les mains au plus près de mon corps pour le protéger, j'avais cette drôle de sensation : cette frontière se dressait aussi entre Borée et moi.

J'ai cessé de marcher.

Que faisait Borée en ce moment ?

Était-elle toujours dans ce bar, avec la fille du comptoir ?

J'ai soufflé un bon coup pour me donner du courage et j'ai couru sans m'arrêter, de Saint-Sulpice à la Seine. Je suis arrivée haletante devant le pont des Arts. C'était le mois d'août, mais l'air de la nuit était frais. Je voulais que tout Paris disparaisse.

Et si je n'étais rien de plus qu'une respiration ?
Si je n'avais pas de destin ?

Je me suis assise contre la rambarde du pont. Plus rien en moi n'était léger. Le fleuve mauve de mon enfance s'étendait longuement jusqu'au bout de la ville, au-delà des dernières lueurs des lampadaires. Il rejoignait Le Havre, Honfleur et toutes les possibilités qu'offre l'infini de la mer. Je pouvais sauter. Je pouvais m'y jeter pour retrouver la Normandie. Effacer Paris de ma mémoire, retrouver l'enfance et le terreau originel. Serrer ma mère dans mes bras et lui dire qu'on s'était trompées, elle et moi. Paris n'est pas un rêve gentil, maman. Paris est une ville dure qui n'est pas faite pour nous. Paris est une illusion.

Mais je n'ai pas bougé.

Mes pieds dessinaient des lettres dans la brume qui s'élevait des eaux. *Pardon, adieu, robe, rouge. Borée.* Au fond, je regrettais d'être venue vivre ici. J'avais voulu prolonger la fantaisie de ma mère parce qu'elle avait tout d'un conte de fées. Mais cette histoire n'existait pas. Les dames de Paris boivent de l'alcool, oui, elles embrassent même des hommes sans porter d'alliance.

Mais elles dansent aussi sur les comptoirs, s'y perdent, pendant que d'autres les observent, les désirent et les fuient. J'ai grandi avec des images fascinantes dans la tête. Paris et les vingt ans de ma mère. Notre-Dame. Les grands bras des hommes et les cafés qui scintillent. En réalité, Paris est la somme de mille promesses, données pour endormir les enfants.

Je me suis relevée, j'avais assez traîné sur ce pont. Je marchais les mains dans les poches, en direction de ma chambre, lorsqu'un jeune homme s'est approché. Il portait une gabardine beige et m'a souri timidement. Dessous, une cravate serrait fort son cou. Il n'était pas beau, il n'avait pas l'air sûr de lui. Mais dans son regard, l'intelligence pétillait. C'était Jacques. Un étudiant en philosophie, l'homme avec qui j'allais faire ma vie. J'ai pensé : *Pourvu qu'il m'embrasse vite.*

Borée

J'ai besoin de souffler. Je me fatigue beaucoup, je ne vois plus rien. La campagne, tranquille, silencieuse, pourrait m'aider à ranimer ce qui sommeille dans ma poitrine. Je rêve d'un paysage désolé qui m'oblige à vivre. Une terre plate où il faut remuer, semer, arroser, tout donner de soi pour qu'une plante ait la possibilité de pousser. Je ne connais que la ville. Je ne connais que Paris. Ici, on peut laisser passer le temps sans rien faire. On peut s'asseoir par terre, cesser d'exister, l'agitation du monde autour se charge de nous faire croire le contraire.

Tu n'es encore jamais venue chez moi, Aurore.
Alors je vais te dire.

Moi aussi j'ai honte, mais pas pour les mêmes raisons que toi. J'habite un grand appartement. Il n'y a presque pas de meubles. On y trouve un canapé blanc et une télévision devant laquelle je m'abrutis lorsque je ne sors pas. À côté, j'ai disposé une bibliothèque avec une centaine de romans pour m'évader. Dans la cuisine, j'ai un réchaud, un frigo, deux assiettes et trois cuillers. Rien de plus. De toute manière, je n'invite jamais personne. Je bois au robinet et, quand il faut, j'achète des bouteilles, je bois au goulot. Il y a mon matelas pour dormir. Et puis j'ai une baignoire. C'est tout.

Ce grand appartement possède neuf pièces. Il est situé dans le XVIe arrondissement de Paris. Cela fait vingt-deux mois que je n'ai pas vu mon père et ma mère est morte un 5 août. Quand j'avais onze ans, j'ai compris que mon père ne m'aimerait plus jamais. Mon visage lui rappelait trop celui de son grand amour. C'est ainsi que ma haine envers en toi, Aurore, a enflé comme une blessure infectée.

Ma mère avait elle aussi les cheveux longs et noirs. Des serpents sifflants au moindre coup de vent. Elle aimait cacher ses yeux derrière une frange qu'elle laissait pousser un peu trop, exprès. Je ne me souviens plus de son odeur. Je ne me souviens plus de sa voix. Quand elle est morte, elle m'a laissé son argent et ce grand appartement. Longtemps, j'ai vécu avec mon père. Il était chef décorateur pour le cinéma. Il a rencontré ma mère sur un tournage ; oui, j'ai omis ce détail : ma mère était une grande actrice.

Mon père ne vivait que pour les objets et les bibelots, les couleurs, les formes et les matières. Il a fini par tout vendre. Ses tables, ses chaises, ses lustres agrémentés de perles de verre, ses chaussures vernies, sa pendule XIXe, sa pipe, ses mocassins bordeaux, ses montres en cuir et ses montres en métal, ses calepins, ses croquis, ses lunettes de soleil, sa statuette de Jacques Prévert, ses tableaux et ses gravures, ses chapeaux d'autrefois, ses vestes élimées accrochées tristement dans cette penderie que plus personne n'ouvrait jamais. Il a même vendu le chien.

Après la disparition de ma mère et de ma sœur, mon père est devenu fou. Enfin, je suppose. Comment comprendre un homme qui traverse un tel drame ? Il buvait du whisky dès le matin, refusait tous les projets de films qu'on lui proposait. Mon père crachait des choses visqueuses et brunes dans le lavabo, ça me dégoûtait. Parfois je nettoyais malgré tout. Je lui disais : « Tu devrais accepter quelques films, papa, ça te changerait les idées et tu boirais moins. Ce que tu craches dans le lavabo, c'est dégueulasse. » Mais il n'écoutait pas. Il ne voulait pas changer. Il voulait rester avec ma mère, ma sœur et son chagrin colossal. Je l'ai aidé comme j'ai pu. À ma majorité, quand j'ai touché l'héritage de ma mère, je lui ai donné de l'argent. Je voulais qu'il voyage. Il est parti en Asie, en Amérique, en Europe. Ça ne l'a pas sauvé. Il s'est installé dans sa tristesse, oubliant complètement mon existence.

Aujourd'hui, je ne sais pas où il est. La dernière fois que je l'ai vu, il murmurait cette phrase, toujours la même, sans prendre la peine de me regarder. « Ne t'inquiète pas des tempêtes, Borée. Ne t'inquiète pas. » Effondré sur le canapé du salon, il détaillait le plafond, cherchant peut-être la fissure la plus large pour y cacher son corps. Je me suis approchée et j'ai dit : « Je porte le nom du vent du nord, moi, papa. Je m'appelle Borée. Comment veux-tu que je ne m'inquiète pas des tempêtes ? » Mais il ne m'écoutait pas. Il est resté des heures allongé comme ça, à répéter ces mots sans relâche, sa bouteille de whisky à la main. « Ne t'inquiète pas des tempêtes, Borée. Ne t'inquiète pas. »

Le lendemain, mon père a disparu.

Depuis, je passe mes nuits dans les bars de Paris dans l'espoir de le retrouver.

***

Laisse-moi venir chez toi en Normandie, Aurore.

Je ne bousculerai rien.

Du moins, pas tout de suite.

Je prendrai mon temps.

D'abord, je veux connaître ta vie et tes parents. Marcher au bord de ton enfance et découvrir les paysages qui t'ont nourrie. Quelle est, déjà, l'odeur du sable ? Et les coquillages, quel bruit font-ils lorsqu'ils plongent sous les vagues ?

Partie III

La rupture

Aurore

Un an s'est écoulé. Borée ne m'a jamais expliqué ce qui lui avait traversé l'esprit lors de cette soirée à Saint-Sulpice, avec la fille du comptoir. J'ai donc tâché d'oublier.

Je suis toujours là, marchant dans la nuit, me nourrissant des éclats de la ville. Je chevauche la Seine avec les mêmes attentes, les mêmes angoisses, comme pour la dominer et échapper à son cours. Tout là-bas, à son bout, il y a toujours mon enfance et la Normandie. Autour de moi, Paris demeure.

Pourtant les choses ont changé.

J'ai peu à peu pris mes marques. J'ai balisé les sentiers en fouillis. J'ai compté les revers et les chutes, les impasses et les carambolages. J'ai posé de petits cailloux blancs sur les routes arpentées et, quand je me retourne, je peux mesurer la distance parcourue. J'ai mes habitudes chez les commerçants du quartier. Je salue mes voisins ; j'en aide même certains lorsqu'ils me le demandent. Monsieur H., par exemple, qui n'arrive plus à traverser la rue tout seul. Je pousse la porte de mon immeuble avec des bras ouverts sur le monde et alors, j'ai dans le ventre toute la joie d'être parisienne.

Et puis il y a Jacques, qui m'a embrassée. Jacques est un gentil garçon, il m'apprend de belles choses et me réchauffe dans son cou moelleux quand j'ai un peu trop froid. Je crois que je l'aime. En tout cas, j'aime sa façon de me protéger. Ses caresses sont toujours lentes, toujours douces. J'adore m'endormir dans ses bras, du côté droit. Le regarder cuisiner, s'étirer, choisir avec soin les chemises qu'il portera et laisser celles qu'il finira par oublier, dans un tiroir de sa commode. Jacques me parle avec respect. Il griffonne des mots d'amour sur des notes de restaurant qu'il dépose sous mon oreiller lorsque j'ai le dos tourné. Jacques est encore étudiant. Plus tard, il voudrait enseigner la philosophie. En réalité, il fera tout autre chose. Jacques deviendra conteur. Ce sera un passeur d'histoires, un diseur de poèmes. Il se produira sur des scènes de toutes tailles et de toutes sortes, cafés, théâtres, jardins, en France et dans le reste de l'Europe, et jusqu'à la fin, je le suivrai dans sa quête de beauté à travers les mots.

Pour l'instant, de tout cela je ne sais rien.

Seulement que c'est un homme qui sait prendre soin de moi.

Qui ne me déçoit pas.

Qui peut être tout entier dans ma vie, si je le veux.

Cependant, je n'arrive pas à en parler à mes parents, à mes frères, à Borée. Présenter Jacques, ce serait le rendre réel. Et Jacques est irréel. Comme une parenthèse légère, un monde à part et suspendu qu'il ne faudrait surtout pas souiller en y invitant n'importe qui. Lui et moi, nous partageons des idées, des opinions. Nous parcourons les musées de Paris de salle en salle ; nous rions, explorons les œuvres à travers les âges et mimons les postures de ces statues de marbre qui semblent n'être là que pour nous adresser des gestes d'éternité. Un jour, nous faisons l'amour dans les grandes toilettes du Louvre. Le lendemain, il m'apprend Spinoza et je lui lis Duras. Il approche ses lèvres des miennes et je réalise qu'elles sont chaudes, brûlantes, à la température parfaite pour offrir à ma bouche l'ardeur qui lui manque.

Un jour, Jacques demande : « Et si on habitait ensemble ? » J'accepte. Il s'installe dans ma petite chambre, rapporte trois plantes supplémentaires et, avec sa magie, sa force d'homme tranquille et aligné, permet aux miennes de survivre.

Borée, de son côté, est partie quelque temps chez mes parents. J'ai finalement accepté de l'y emmener. C'était en août dernier. Ma mère était si heureuse de me revoir. Elle a pleuré quand elle m'a serrée contre elle, avant de détailler mon corps curieusement, donnant l'impression de chercher la cicatrice qui nous avait séparées. Il n'y en a pas, maman. J'ai simplement grandi et je ne suis pas comme toi.

À la ferme, Borée a découvert les bottes de caoutchouc et les araignées cachées dedans. Ça ne l'a pas effrayée. Elle a ensuite fait connaissance avec les vaches ; elle est allée les caresser sans sourciller, le long du cou, non loin de la gueule d'où s'écoulent des traînées de bave puante. Elle n'avait pas peur non plus et je me souviens du visage de mon père. Il a entrouvert les lèvres, abasourdi, et il a laissé tomber son mégot jauni en murmurant : « Dis donc, pour une Parisienne », avant de cracher marron. J'ai pris la main de Borée, je lui ai présenté mes frères. Ils l'ont saluée en rougissant. Ils n'avaient pas l'habitude des peaux pures et lisses, encore moins des mains soignées. La chevelure de Borée était parfaitement coiffée et il s'en dégageait une odeur de shampoing fruité qu'on ne trouvait pas à Dozulé. Lorsqu'il a fallu lui serrer la main, j'ai vu mes frères intimidés. Mais ils l'ont fait quand même ; ils ont pris ses petits doigts fragiles dans leurs grosses mains de travailleurs, ils les ont empoignés avec fermeté, et là, c'est Borée qui s'est empourprée. Mes frères étaient costauds, un peu brusques, forts et imposants. À Paris, Borée ne fréquentait que des garçons fluets qui s'enivrent de musique et de soirées festives ; des garçons qui parlent beaucoup, mais qui ne vivent pas grand-chose. Mes frères parlaient peu, mais ils avaient cette présence au monde que seuls ceux qui ne réfléchissent pas parviennent à développer. Lorsqu'ils retournaient la terre, la saison changeait. Lorsqu'ils sortaient les bêtes avant le soleil, ils accompagnaient les derniers moments de la nuit. Lorsqu'ils fumaient au clair de lune, ils ajoutaient des fumerolles aux nuages. Et lorsqu'ils partaient chasser le gibier, ils revenaient couverts de sang et de chair, et montraient comment ils avaient tué et comment ça nourrissait les hommes. Mes frères étaient dans l'action, chacun de leurs gestes sculptait leurs corps et leur donnait des contours de guerriers valeureux. Je sais que Borée s'est attardée sur la largeur de leurs épaules et qu'elle s'est peut-être imaginée là, lovée quelque part, en sécurité. Elle n'était partie qu'avec un carnet, un stylo – comme moi, Borée avait besoin d'écrire chaque jour dans son journal –, des affaires de rechange et deux bouteilles de champagne pour mes parents. Elle ne comptait rester qu'une semaine et occuper la chambre qui était la mienne, avant. Ma chambre d'enfant. Mes parents avaient accepté. Ma mère avait besoin d'aide pour le ménage et mon père m'avait demandé si elle était capable de donner le foin aux vaches. J'avais dit oui à tout. Je voulais rendre Borée heureuse.

En contrepartie, mon amie me laissait les clés de son immense appartement. « Tu peux y habiter le temps que tu veux, Aurore. Comme ça, tu comprendras mieux qui je suis. » Je l'ai donc laissée là-bas, auprès de ma famille, sans me douter un instant de ce que cela engendrerait.

Borée

J'ai amassé des couches épaisses, tu ne peux pas savoir, des mètres de mur bétonné pour me protéger. J'ai appris le ciment et le mélange des roches, j'ai ajouté le limon, les minéraux. J'ai tapissé mon cœur de pierres sans valeur, je l'ai enfoui sous la terre. Mon corps n'était plus qu'un amas d'atomes sans vie, une forteresse gardée jour et nuit. Et voilà que tu es arrivée. Voilà que tout a voulu s'écrouler, voilà qu'il faut que tout s'écroule, ma chère Aurore.

Avant de crever tous ceux que tu aimes, ou de me faire du mal, à moi, je veux me dresser nue devant toi. Je veux ma peau et ta peau sans aucun apparat, sans ces choses de Paris et ces faux-semblants. Je veux que tout de nous deux s'entremêle et qu'on ne comprenne plus à qui appartient ce sourire noir, à qui sont ces cheveux roux. Je veux que tu saches ce qui rôde au fond de moi, quelle est cette bête vilaine qui, d'un geste, peut détruire ta vie. Je veux que tu te souviennes de tes doigts poussant ma petite sœur à l'eau, du sourire infect que tu affichais, car non, ce n'est pas moi qui l'ai tuée ! Je le jure. Nous étions toutes les trois si proches du bord, sur ce sentier qui surplombe la Dives de plusieurs mètres. Et Myriam a chuté. Son petit corps bombé, ses cheveux en pagaille – tout a chuté. La petite robe rouge, qui avant d'être la sienne avait été la mienne, ses sourires en coin, ses pieds minuscules et ses joues rebondies. Tout s'est noyé.

Ta mère a porté une main à sa bouche avant de hurler à mes parents, partis devant : « Votre fille est tombée ! Monique S., votre fille est à l'eau ! » Ta mère avait reconnu la mienne. Il faut dire qu'à l'époque, elle avait beaucoup de succès. Elle était une de ces actrices montantes que Hollywood avait en ligne de mire.

Ensuite, tout se confond dans un terrible état de choc. Je me souviens simplement de ta mère s'avançant vers mon père pour lui crier en me désignant d'un ton rageur : « Cette petite brune, votre fille, l'autre ! C'est un monstre, monsieur. Elle vient d'assassiner sa sœur, je l'ai vue. » Elle pointait son doigt vers moi, m'accusant de tout. Mais pendant l'accident, je regardais les bateaux rentrés au port, moi ! Je les regardais car ils paraissaient somnoler sous leurs cordages, ballottés par les eaux qui doucement s'éveillaient, et je trouvais cela joli… La tempête arrivait du grand large, il y avait ce drapeau rouge dans le ciel. Le vent soufflait fort, il est venu jusqu'à nous, ébrouer mes cheveux noirs, secouer tes cheveux roux. Et puis, plus rien, le néant.

Aurore

Jacques propose de m'accompagner chez Borée. Il veut m'aider à m'y installer pour la semaine, mais je refuse. Je ne suis toujours pas prête à mêler ces deux parties-là de ma vie. L'amour et l'amitié. La gentillesse de cet homme, qui m'aide tant à grandir, et la rudesse de mon amie, si crue, si étincelante.

Son immeuble, tout en pierres de taille, se situe dans l'un des quartiers les plus chics de la capitale, entre la place de l'Étoile et le jardin Galliera. Une lourde porte en fer forgé barre l'entrée. Je compose le code, impressionnée. Passe un pied à l'intérieur, puis l'autre, avec le sentiment d'être sur le point de pénétrer dans une sorte de refuge, de lieu sacré, dont les détails me permettront peut-être d'affiner le portrait flou que j'ai de Borée. Je gravis les marches une à une jusqu'au quatrième étage. Le tapis vert émeraude sur l'escalier et les boiseries rococo accentuent ma gêne. Un instant, j'hésite à rebrousser chemin, retrouver Jacques et la simplicité de notre quotidien. Mais non. Je monte. Et j'entre chez elle.

À l'intérieur, tout est sombre. Les volets ont été fermés et certaines lampes ne fonctionnent plus. Je trouve une bougie dans un tiroir de la cuisine, l'allume avec mon briquet. C'est vide, sale. Borée ne fait pas le ménage. Cela ne me dérange pas, je poursuis la visite. Peu à peu, l'excitation monte : je suis dans sa tanière. Je peux gratter la terre qui la recouvre, et j'en jubile...

***

Une fois installée, je choisis de m'établir dans la salle de bains. C'est la pièce la plus petite, la plus chaleureuse, avec sa lucarne qui donne sur un ciel toujours bourré d'étoiles. Je dispose le matelas et la couverture de Borée contre la baignoire, je n'ai jamais connu de sommeil si réparateur. Lorsque mon amie revient à Paris, je lui raconte que j'ai pris dix-huit bains en une semaine. Elle sourit. Elle me prend dans ses bras et elle dit : « C'est merveilleux chez toi. Ta mère est extraordinaire. Elle me traite comme sa fille. J'ai hâte d'y retourner. »

Même si je ne sais pas grand-chose de son histoire, que sa vie semble tachée de zones d'ombre, mes sentiments pour elle ne faiblissent pas. Les mois ont passé, un nouveau rythme s'est mis en place sans qu'on ait eu besoin d'en parler. Je continue d'occuper son appartement lorsqu'elle part chez mes parents et, à son retour, je retrouve ma chambre. Je sais que Borée prend soin de ma famille. J'aime aussi l'entendre me raconter la pousse des fleurs et des arbres devant la ferme, les changements du temps, la pluie qui tombe comme des filets d'argent sur les confins embrumés. La Normandie me manque toujours autant et, grâce à Borée, je garde des images vives de mon passé.

Lors de mes séjours chez elle, j'examine chaque latte de son parquet, parcours chaque fente du plafond. J'inspecte également les couches de peinture déposées sur les murs, année après année, et je demande : « Racontez-moi Borée. » Certains jours, la chance s'en mêle et je perce un nouveau mystère. Comme cette liste énigmatique, oubliée derrière un coussin du canapé : « Ne pas s'attacher, raconter peu, aimer, attaquer. » Ou cette clé de cuivre scotchée sous un tiroir de la cuisine. Intriguée, j'essaie d'ouvrir toutes les serrures de l'appartement, cela ne donne rien. Je me souviens alors que Borée m'a parlé d'une cave. J'y descends, armée d'une lampe de poche. Ma chemise de nuit traîne sur les marches de l'escalier. Arrivée dans la cour, pieds nus, frigorifiée, je vois cette porte abîmée sur la gauche. Je m'avance, place la clé dans la serrure. Avant de la tourner, j'hésite. Qui suis-je pour fouiller ainsi dans l'intimité de mon amie ? Qu'est-ce que je cherche exactement ? Depuis quelque temps, Borée a changé. Elle ne se maquille plus, a abandonné ses robes affriolantes. Elle développe une grâce nouvelle, tout animale, qui me rappelle celle des filles de Dozulé lorsqu'elles partent aux champignons. Ces filles se penchent vers la terre avec un naturel déconcertant. Rabattent leurs cheveux derrière l'oreille, soufflent doucement pour ne pas déranger les bêtes qui rôdent autour. Du bout des doigts, elles saisissent le pied d'un champignon, l'arrachent d'un coup sec pour le placer dans un sac en toile de jute. Ces filles ne sont jamais apprêtées. Elles ne sont pas vraiment jolies. Mais elles sont pures, brutes, et portent un charme ancestral, celui des êtres un peu magiques qui s'abandonnent au monde sans crainte. J'ai dû être comme elles, autrefois. Désormais, c'est Borée qui leur ressemble.

J'ai toujours cette clé dans la main. La curiosité est trop forte. Je prends une grande inspiration pour me donner du courage et je pousse la porte.

Devant moi, des dizaines de caves se succèdent. Je trouve rapidement celle de Borée. À l'intérieur, de vieux livres s'entassent sur des tapis poussiéreux. Quelques toiles noircies par le temps sont disposées contre un mur. Juste à côté, deux albums de photographies trônent sur une pile de chiffons. Je m'approche. Et je souris, victorieuse. Je vais enfin avoir accès au passé de Borée. Je m'attends à la voir grandir sous mes yeux, au fil des pages tournées, découvrant sa figure de bébé, de petite fille, de jeune fille. Peut-être y découvrirai-je aussi sa mère, son père, quelques souvenirs de ses vacances. Mais, lorsque j'ouvre les albums, il ne reste que des légendes, les photographies ont été arrachées. *Borée à cinq ans. Le gâteau des filles.* Les visages ont disparu. Un peu plus loin, je tombe sur cette inscription : *Monique avec Borée, Myriam et leurs poupées, 1973.* Qui sont Monique et Myriam ? L'une des deux doit être la mère de Borée, mais l'autre ? Borée a-t-elle une sœur ? Je quitte la cave, songeuse.

***

Lorsque mon amie rentre de Normandie, nous retrouvons nos vieilles habitudes ; nous buvons, nous rions, nous sortons le soir. Je ne lui parle pas des fentes qui morcellent son appartement, je ne lui parle pas des photos manquantes dans ses albums. De temps en temps, ses autres amis se joignent à nous, mais c'est de plus en plus rare. Borée leur jette un œil méchant, soupire lorsqu'ils s'extasient sur le dernier film d'auteur sorti au cinéma ou qu'ils discutent d'un roman obscur que personne, à part eux, ne lira jamais. « Ils croient voir la beauté sur les écrans noirs ou dans les pages de certains livres alors qu'elle est chez toi, Aurore. La vraie beauté, elle est en Normandie. » Je ne comprends pas toujours ce qu'elle a dans la tête. Borée s'adresse à moi sur des tons étranges et tient des discours déroutants. Moi, je veux tout lire, tout connaître du cinéma. Borée est en quête de nature, de simplicité ; son bonheur est chez mes parents, dans cette ferme isolée où je me suis si souvent sentie prisonnière. Quand cette réalité me rattrape, je me ressaisis. Je secoue la tête violemment pour chasser mes idées noires et me persuader que ce n'est pas grave. Nous n'avons peut-être pas les mêmes aspirations, mais Borée reste la meilleure des amies. Elle écoute, elle comprend. Il n'y a pas de procès dans sa façon de me regarder. Pas d'étonnement. Avec elle, je suis lisse et transparente, et c'est si reposant.

Aube

Mon Aurore. Tu n'es revenue qu'une seule fois en deux ans. *Qu'une seule fois en deux ans.* Je me répète car j'ai du mal à y croire. Qu'ai-je donc fait pour qu'on m'ait envoyé cette mauvaise Borée ? Tu ne sais rien de ce qui nous lie, elle et moi. Rien. Ton père rampe devant elle, langue pendante, déroulée sur l'herbe mouillée, et lorsqu'il ne pleut pas, ses yeux exorbités tombent à terre comme des escargots morts au soleil. Sa carapace est perdue, il n'a plus de maison. Ton père est possédé par Borée. Il fait tout ce qu'elle veut. Sais-tu qu'elle a redécoré ta chambre à son goût ? Elle a lu tous tes livres d'enfant, et ton vieux carnet aussi, celui dans lequel tu racontais ta vie, petite. Le dimanche, elle utilise ta serviette de plage pour aller à Houlgate. Je ne sais pas si elle se baigne, mais je sais qu'elle s'y allonge : ta serviette sent la pourriture.

Borée, c'est de la pourriture.

Un soir, je lui ai parlé. Je lui ai demandé de partir. De rentrer à Paris et d'oublier cette vieille histoire. Elle n'a rien voulu savoir.

***

Comment tout cela a-t-il pu se produire ?

Quand j'ai revu Borée, l'année dernière avec toi, j'ai été bouleversée. Elle avait si peu changé en quinze ans. Un peu plus grande, bien sûr, un peu plus femme. Mais son allure voûtée, l'obscurité de ses yeux, de ses cheveux, et son sourire à peine marqué restaient pareils à mes souvenirs. Seule sa peau s'était modifiée. De l'aspect velouté du miel que je lui avais connu elle était passée au gris sans nuance d'une flaque de pluie. Borée avait des cernes, on aurait dit des rivières profondes, et je savais bien ce que ça renfermait. Nous nous sommes saluées du bout des lèvres. Puis, sans un mot, elle m'a tendu son sac. C'était à moi de le porter. C'était également à moi de lui ouvrir la portière de ma voiture, de m'assurer qu'elle s'y sentait à l'aise, de conduire, de décrire le paysage que nous traversions et d'accepter son silence total sans jamais poser de question. Borée est ensuite rentrée à Paris, mais quelques jours seulement. La semaine suivante, elle était de retour parmi nous.

Toi, Aurore, tu n'étais plus là.

Tu n'as pas vu la tristesse de cette horrible jeune femme se muer en colère. Pas vu ses coups bas, ses remarques déplacées, son regard brutal se poser sur chacun de mes gestes pour les faire trembler.

Francis et les jumeaux, eux, ne se méfiaient pas. Ils étaient sous le charme. C'est vrai qu'en leur présence,

Borée était joviale, tranquille. Elle participait volontiers aux tâches de la maison, sans afficher ni crainte ni dégoût pour le monde pénible de la campagne, et ça leur plaisait. Ce double jeu m'a rapidement fait comprendre ce qui nous attendait. Borée revenait pour se venger.

Borée

Chaque matin, j'exige d'Aube qu'elle serve mon petit déjeuner au lit. Je l'entends qui monte l'escalier lentement, s'arrête quelques minutes sur le pas de la porte avant d'entrer dans la chambre, terrifiée. Elle me regarde. Pose le plateau sur la table de chevet – bacon grillé, œufs durs, pain complet, café – et murmure un « bon appétit » auquel je ne réponds jamais. Ensuite, elle prépare mes vêtements pour la journée. S'il y a la moindre tache, le moindre pli sur le col d'un chemisier ou le tombé d'un pantalon, je lui ordonne de tout recommencer, lavage, repassage, et tout cela d'une voix de plus en plus enrouée. Au départ, cela ne m'a pas inquiétée. Mon corps s'assombrissait, mes paroles devenaient imperceptibles, j'ai mis ça sur le compte de la douleur. Puis tout a empiré. Aujourd'hui, quand je me regarde dans la glace, je ne me reconnais pas. Les mots que je prononce sont des chuchotements et mon visage n'attrape plus la lumière. Même lorsque le soleil perce l'épais feuillage des noisetiers, qu'il troue l'écorce large des chênes et les haies droites et longues de thuyas. Désormais, la vie m'apparaît en noir et blanc, comme sur les photographies arrachées de ma mère et de ma sœur, celles que j'ai jetées, brûlées, découpées, et dont il ne reste que des légendes absurdes dans des albums qui ne veulent plus rien dire.

« Monique avec Borée, Myriam et leurs poupées, 1973. » Je prononce ces mots, tapie dans le lit d'Aurore. Et je serre fort les poings. Il n'y a plus que moi, dans cette histoire. Borée la ténébreuse, Borée l'insondable, qui, bientôt, aura sa revanche.

Aube

J'ai toujours eu le pleur facile, mais ces derniers temps, ça ne fait qu'empirer. Je t'ai écrit une lettre, Aurore. Une lettre où je te racontais tout. Je me suis levée très tôt, bien avant le chant du coq, pour que Borée ne m'entende pas. J'ai passé ma robe de chambre et pris les clés de la voiture. Je m'apprêtais à démarrer, la lettre dans ma poche, lorsque ce monstre a surgi de nulle part. Borée s'est accoudée sur le capot en me fixant de ses yeux petits et sombres, et je t'assure, Aurore, je ne sais pas d'où elle a pu venir si rapidement. Ta chambre est au premier étage, la voiture était garée face à l'entrée de la maison, et je ne l'ai pas vue sortir. Borée est un cauchemar.

— Où tu vas comme ça ?

— Chercher du pain.

— J'irai tout à l'heure. Rentre, maintenant.

Je n'ai pas pu poster ma lettre. Quand je suis descendue de la voiture, Borée m'a fouillée. Je me suis laissé faire, je perds mon restant de forces face à elle. Elle a trouvé l'enveloppe et l'a déchirée, sans même lire ce qu'elle contenait. L'après-midi, la ligne téléphonique était coupée. Deux gros câbles tranchés mouraient dans le jardin et il a fallu un temps fou pour les réparer. Pendant trois semaines, le contact a été rompu entre la ferme et le monde extérieur. Pendant trois semaines, plus d'appel de toi, Aurore. Et tu ne t'en es même pas souciée.

Aurore

L'autre jour, Jacques m'a demandé quel était mon tout premier souvenir. J'ai vu ce sentier de terre, serré contre la Dives. Mes pieds minuscules se sont arrêtés, puis ont repris leur marche. J'ai entendu les vagues hurler au large comme des bouches affamées, prêtes à m'engloutir, prêtes à m'avaler. « La Dives est une rivière dangereuse, reste près de moi. » Mais, lentement, ma main a quitté celle de ma mère. Je me suis penchée vers les tourbillons, ces tueurs de l'abîme, furieux et froids, qui emportent avec eux les promeneurs maladroits. La petite robe rouge reposait là. Mon père n'avait rien pu faire.

J'ai vu tout ça.

Mais je lui ai répondu que je ne me souvenais pas de mon tout premier souvenir. « Ce n'est pas important, mon enfance est loin maintenant. » Il a fait : « On est toujours de son enfance, Aurore. Personne n'échappe à son enfance. »

***

Le lendemain, je préparais du lard fumé pour le petit déjeuner, lorsque le téléphone a sonné. C'était Borée. Elle était à Paris et semblait paniquée. Elle me confiait se sentir seule, ne plus savoir où elle en était. Sa voix était méconnaissable, mêlant rage, larmes et suffocations. Je ne l'avais jamais sentie si perdue. J'ai enfilé un pantalon, attrapé une veste, et suis sortie de chez moi en claquant la porte sans prendre la peine d'embrasser Jacques qui dormait encore. Nos nuits ensemble étaient rares depuis que j'avais les clés de l'appartement de Borée. Mais il ne me reprochait jamais rien. Pour ce matin non plus, Jacques ne dirait rien, et c'était très bien comme ça. Il voulait que je sois libre et c'est ce qui me plaisait chez lui.

Devant la bouche de métro, j'ai dévalé les marches. La première rame était vide. Je me suis assise, essoufflée, je connaissais ce trajet par cœur. Lorsque je suis sortie à la station Iéna, le jour s'était levé. L'avenue du Président-Wilson déroulait ses trottoirs propres sous les premiers reflets dorés du soleil. Aucune agitation, aucun bruit ne venait troubler la quiétude du jardin Galliera. Au 7 de la rue Goethe, j'ai composé le code d'entrée de Borée, mais, étonnamment, cela ne fonctionnait pas, il avait dû être changé et la porte est restée close. J'ai attendu au pied de l'immeuble, longtemps, jusqu'à ce qu'une fenêtre finisse par s'ouvrir au quatrième étage. J'ai levé les yeux, la silhouette noire de mon amie s'est découpée sur le blanc triste du ciel. J'ai souri. J'étais rassurée de la savoir saine et sauve. Borée est descendue m'ouvrir. Elle s'est excusée, le visage dissimulé sous une écharpe. Elle avait pleuré. Je m'apprêtais à entrer dans l'immeuble lorsqu'elle m'a arrêtée d'un geste brusque.

— Mon appartement est sens dessus dessous. Allons boire un café.

J'ai acquiescé. Borée semblait épuisée. Elle sentait encore l'alcool et la cigarette.

— Qu'est-ce qui se passe ?

Elle me regardait étrangement.

— Rien. Allez, viens.

Borée m'a pris la main et nous avons marché jusqu'à ce bistro sinistre, à l'angle de sa rue. Nous avons commandé nos cafés. Elle a ôté l'écharpe de son visage, lentement. Quand elle s'est enfin découverte, j'ai poussé un cri d'effroi. Elle avait disposé sur ses joues des traces de maquillage, brun, graisseux, des traces qui rappelaient des taches de rousseur. Un bouquet de fleurs ambrées, planté sur sa figure.

— Qu'est-ce que tu as fait à ton visage ?

Elle m'a souri.

— J'ai toujours rêvé d'en avoir. Je voudrais qu'on se ressemble davantage, toi et moi.

Je me suis approchée d'elle, pour toucher ses joues, et le maquillage est parti. Pourquoi avait-elle fait ça ? J'ai scruté ma montre, faussement impatiente, et j'ai soupiré. Au fond de moi, la crainte grandissait. Une fois de plus, le regard de Borée m'a dérangée. Ses yeux étaient trop proches pour être tout à fait agréables à regarder. La distance entre les cavités rendait son visage effrayant. Et j'ai pensé : *Ce n'est plus mon amie, en face de moi.*

— Ma mère était comme toi, a repris Borée. Elle avait des taches de rousseur sous le soleil de l'été.

Borée ne parlait jamais de sa famille. Je ne posais jamais de questions.

— Ma mère est morte, Aurore. J'étais si petite. Ma mère est morte, ma sœur est morte et mon père a disparu il y a quelques années. Il a trop bu, il s'est perdu. Peut-être qu'il a oublié le chemin de la maison. Peut-être…

Elle a baissé la tête.

— Je suis toute seule, aujourd'hui.

Déstabilisée par sa confidence, j'ai rassemblé mes affaires et me suis levée. Il fallait que je sorte d'ici.

— Je n'avais pas vu l'heure. Je dois y aller. On m'attend pour ouvrir la librairie.

— Je comprends. J'aurais aimé t'en parler plus tôt. La semaine prochaine, je retourne en Normandie. Je suis contente de retrouver ta mère. Mais, quand même, tu vas me manquer.

Je n'ai pas répondu. Mon café est resté sur la table. Il a dû refroidir aussi vite que mon amitié pour Borée.

Chez moi, Jacques m'attendait. Il s'inquiétait.

Moi aussi, je m'inquiétais.

Borée

Depuis quelque temps, tu ne réponds plus au téléphone. Chaque fois qu'il m'arrive de venir dans ton quartier, ta chambre est vide. Je vois par la fenêtre que ta couverture est toujours étendue sur le lit, sans un pli. Je sais que tu n'aimes pas border ton lit pour rien, alors je pense que tu ne dors plus ici. Couches-tu avec un homme ? Vis-tu chez lui ? Ta propriétaire a beau me dire qu'il faut que j'arrête de venir sans cesse (c'est toi, sans doute, qui lui as demandé de me dire ça), je ne peux pas m'y résoudre.

Désormais, ta mère est ma compagne de vie. J'aime reproduire ses gestes, répéter ses mots, l'imiter en exagérant les traits de mon visage pour la terroriser. Elle dit à ton père « Va me chercher une bûche », je reprends « Va lui chercher une bûche », en éclatant de rire très fort. Elle tranche un saucisson en tremblant (car elle sait que je suis tout à côté), je lui retire le saucisson des mains et le coupe brutalement avec une aiguillette comme s'il s'agissait d'une poule à égorger. Puis je hurle dans ses oreilles des onomatopées pleines de violence, je fais le bruit de la poule qu'on étripe, qui agonise et qui pisse le sang. J'aime raconter à ta mère comment je vais te faire du mal si elle ne se montre pas coopérative. Ton père écoute distraitement, quand il est là, et tes frères sont partis faire leur vie ailleurs. Je crois qu'ils se sont mis en tête de racheter un restaurant. Eux aussi vont profiter de mon argent, tu vois. Eux aussi vivront heureux, sans soucis, grâce à la mort de ma mère et de ma petite sœur. Ces imbéciles ! Mais je les retrouverai, ils ne s'en tireront pas comme ça. Ils vont payer pour ce que tu as fait.

Aurore

Cela fait trois mois que je n'ai pas vu Borée et, hier, j'ai appris le décès brutal de mon père. « Un taureau l'a encorné, répète en boucle ma mère au téléphone. Il s'est vidé de son sang à l'hôpital de Caen. » Ma mère ne semble ni triste, ni soulagée.

Avec Jacques, nous prenons le train pour nous rendre aux funérailles. Les arbres se soulèvent à notre passage dans un salut macabre, sans feuille ni oiseau ; leurs branches sont nues et désarticulées comme des squelettes pourrissants.

— C'est donc ça, la Normandie, fait Jacques.

— Entre autres.

Sur le quai de la gare, à Caen, ma mère nous attend. Derrière elle, se dessine l'ombre de Borée. Elle est venue nous chercher, elle aussi.

Je baisse les yeux, mal à l'aise. Ma mère me demande si j'ai fait bon voyage et tend une main hésitante à Jacques. « Nous avons préparé la soupe. Ton père est dans la chambre du fond. Les bougies sont allumées, tes frères le veillent. » Je ne réponds rien. Borée salue discrètement Jacques, qui lui lance un « bonjour » resté sans réponse. J'emboîte le pas de ma mère en portant un sac qui ne contient pas grand-chose ; je ne compte pas rester longtemps.

Je marche lentement entre les deux femmes de ma vie. Ma mère, cette douce rêveuse en voie d'extinction, avec ses oiseaux dans le ventre, et l'amère Borée, amaigrie et démente, lugubre comme la brume qui couvre la Dives en hiver. Une brise souffle légèrement sur mon front et ma mère me prend la main. Je sens battre son cœur à la naissance du poignet. Tout va bien : elle est encore vivante.

***

À la ferme, ma chambre a été repeinte en gris et mon lit déplacé loin de la fenêtre. « La lumière du matin aveugle Borée, explique ma mère, elle préfère comme ça. » Sur les étagères, ses romans favoris ont remplacé les miens, qui gisent à terre, effondrés, dans des tas de couvertures désordonnées. Borée a accroché quelques photos, aussi. Sur l'une d'elles, on me voit dans cette robe rouge et moulante que j'avais achetée pour lui faire plaisir. Je suis très maquillée. Je souris. Mais mon regard reste vide. C'est cette nuit-là, je crois, que notre amitié est passée à son point culminant. Un milieu du ciel inévitable, une hauteur maximale, entre l'aurore et la nuit boréale. Ce soleil qui se lève sur ce que je suis – innocente, naïve, dans l'attente permanente de l'amour des autres – et ce qu'est Borée – un rire devenu étrange, une présence sinistre et dérangeante.

***

À l'enterrement, je n'ai rien ressenti. Mon père n'a jamais eu de geste tendre envers moi. Il a tenu la ferme. Il m'a offert un toit, un plancher, de quoi manger à ma faim. Mais il ne m'a jamais comprise. Il a donné le cadre de mon enfance et de mon adolescence, Gacé, puis la campagne de Dozulé, la mer de Cabourg, Dives-sur-Mer et la digue sablonneuse de Houlgate qui serpente jusqu'aux Vaches-Noires. Mais il ne m'a pas soutenue. Il m'a montré ce que je ne voulais pas faire de ma vie : les bêtes, le foin, l'absence de livres ; il m'a dégoûtée de l'ignorance et des gestes répétitifs. Mais il ne m'a pas aimée. Alors quand il est mort, je n'ai pas pleuré.

***

Le soir, au moment de nous coucher, Jacques me conseille de me méfier de Borée. Je me rappelle ses lèvres rouges. L'image des taches de rousseur qu'elle a peintes sur son visage. Je pense à sa relation avec ma mère. Elles sont toujours fourrées ensemble, mais ne rient pas, ne parlent pas. Je me demande bien ce qui peut les unir à ce point. Je voudrais oublier les mauvais côtés de Borée, faire en sorte qu'ils n'aient jamais existé, retrouver mon amie d'avant, celle des soirées parisiennes qui, emplie de vodka, me disait « je t'aime ». Mais c'est impossible. Borée a changé. Elle veut prendre quelque chose de moi. Une partie de mon apparence, de ma famille, de mon enfance. Sans que je ne sache pourquoi.

Borée

Ce matin, je t'ai proposé d'aller te promener au bord de la mer, en passant par la Dives. Lorsque j'ai prononcé le nom de ce lieu, tu as blêmi.

Tu commences à comprendre les raisons de mon retour.

Tu sais que tu as mal agi.

Tu sais que tu as tué.

Je me demande si tu crois aux fantômes, Aurore. Moi j'y crois. Ils me hantent. Ils habitent chacun de mes gestes, chacune de mes paroles, chacun de mes souvenirs. Ils occupent mes pensées et s'approprient mes émotions pour en faire ce qu'ils veulent. Ils sont en moi, et au-dehors aussi. Je vais souvent leur rendre visite depuis que je suis en Normandie. Je m'assois seule sur le bord de la Dives et je compte les formes changeantes des eaux sous les coups du vent. J'y vois le rire de Myriam, ses yeux coquins, la main douce de ma mère. Puis l'écume vomit les drames – la petite robe rouge, les veines gorgées de sel, mon père à la fois mort et vivant qui pose sur le monde un regard absent, et moi qui n'en reviens pas. Moi qui jamais n'en reviendrai.

***

Ton Jacques m'étonne. C'est un homme qui ne te convient pas. Il est trop doux pour ta dureté. Trop fragile pour ta violence. Tu finiras par le tuer, lui aussi ; tu le tueras en le quittant, en le trahissant, et il mourra de t'avoir aimée.

***

Tu n'imagines pas, Aurore, comme je t'envie ta mère et tes frères... Je t'enviais aussi ton père et, sur ce point, je ne peux pas tout te raconter, ce serait trop long, mais ton père adorait me regarder. Un soir, tandis que nous fumions près des vaches lui et moi, je l'ai laissé poser une main sur mes cheveux. Il a dit qu'il aurait aimé avoir une fille comme moi. Je lui rappelais la terre et l'orage, et la nature entière quand elle se déchaîne sur son existence. Il a dit qu'il entendait même le vent souffler dans mes cheveux et qu'il aurait pu devenir le vent lui-même pour souffler dans mes cheveux, m'aider à m'envoler. Je t'assure qu'il a dit ça. Il a ajouté qu'il n'avait encore jamais parlé comme ça à personne. Pas même à ta mère.

Partie IV

Le deuil

Aurore

Plusieurs mois ont passé. J'ai réussi mes examens, mon concours, et l'été est arrivé. Bientôt, je serai professeure. Quand j'y pense, mon sang se fige en un caillot gigantesque pour que tout s'arrête. Ce rêve n'a jamais été le mien.

Au téléphone, ma mère ne me raconte rien de sa relation avec Borée. Pourtant, je sais qu'elle n'est pas loin. Je la sens qui rôde autour, discrètement ; j'entends son rire étouffé derrière la voix de ma mère, son souffle dans le combiné, et j'ai peur. Mais je ne peux rien contre sa présence en Normandie. Borée semble définitivement installée à la ferme. Elle s'approprie mes souvenirs, sabote ce qui reste de ma mère. Et moi, lâche ou désemparée, je ferme les yeux sur tout ça.

Je serre fort la main de Jacques et je dis « oui » lorsqu'il me demande en mariage.

***

Un soir, l'appel de ma mère prend une tournure inquiétante. Elle dit rentrer d'une promenade à Dives-sur-Mer, au bord de la rivière, et sa voix tourbillonne comme dans mon souvenir des noyades.

— Borée était avec toi ? C'était son idée ?

Ma mère ne répond pas. Un frisson parcourt ma nuque. Mes doigts s'engourdissent, mes jambes flanchent. J'entends la respiration de Borée se mêler à celle de ma mère, lente et mesurée, à l'affût de ma réaction. Je sais que je peux perdre mes moyens d'un instant à l'autre si je cède à la panique. J'aimerais m'adresser à elle, mais je n'ose pas. Lui dire qu'elle n'a pas le droit de remuer les vagues de mon enfance, qu'elle ne peut pas effrayer ma mère comme ça, pour qui se prend-elle ? Ma mère ne mérite pas qu'on lui fasse tant de mal, ma mère est si belle, si malheureuse !

Je raccroche sans dire au revoir, rassemble quelques affaires et laisse un mot pour Jacques. Le prochain train pour Caen part dans deux heures. Dans le salon, une bougie brûle sur la table basse. Je m'approche. Des ombres naissent sur le mur d'en face, énormes et monstrueuses. Je les observe un moment. Je me demande si moi aussi je peux devenir énorme et monstrueuse. Je crois que oui. Tout le monde peut devenir énorme, tout le monde peut devenir monstrueux.

Borée

Il paraît que tu reviens nous voir, Aurore. Tu as peur pour ta mère, je le sens ; tu as peur et tu as raison.

Sache que nous n'habitons plus que le rez-de-chaussée de la ferme. Il y a trois pièces, un fourneau et de quoi cuisiner des pâtes pour l'année entière si nous le voulons. Aube et moi ne sortons presque jamais. Comme les bêtes en hiver, retirées dans les coins de l'étable pour échapper au froid. Nous fuyons la lumière, nous nous cachons au salon. Aube reste muette. Lorsque je la regarde avec un peu trop d'insistance, elle se met à faire de grands gestes avec ses bras. Quant à moi, je ne brosse plus mes cheveux. Je ne m'habille plus le matin. Je déambule en robe de chambre, la verte qu'Aube m'a offerte au tout début de mon séjour ici ; je ne m'inquiète plus de mon apparence.

***

Je n'ai gardé qu'une seule photographie de ma famille. On y voit mon visage de petite fille, déjà si triste, et pour la première fois, je me trouve laide. Peut-être suis-je laide depuis toujours ?

À mes côtés, se tient mon père. Il affiche des joues creuses et des cheveux hirsutes. Sa façon d'accrocher l'objectif m'est familière. J'ai l'impression que c'était hier, pourtant ça fait quinze ans. Mon père se tient de biais, laissant peser tout le poids de son corps sur sa jambe droite. Il serre les poings avec raideur, mais sourit malgré tout. Quelle émotion peut bien l'habiter ? La colère, la joie ? Qui était mon père avant l'accident ? Derrière lui, une femme splendide pose en souriant, brune et longiligne. C'est ma mère et je ne m'en souviens pas. Elle porte une robe blanche et légère, le soleil passe au travers, et je peux deviner la forme de ses cuisses. À ses pieds, ma petite sœur ouvre grand la bouche comme pour avaler la vie entière. Dans sa petite robe rouge, elle flotte pour toujours sous mes yeux pleins de larmes.

Aube

Aujourd'hui, le ciel immense a disparu. Sous des orages noirs, des pluies qui noient. Je ne vois plus les grives s'époumoner à s'envoler. Les oiseaux sont tous rentrés, sagement, dans leurs nids. Les vaches sont vendues, le taureau aussi. Les poules ne caquettent plus, les chèvres sont parties. Il ne reste, sur Terre, que les insectes rampants. Je les observe depuis la fenêtre du salon. Ils s'appliquent à trouer le sol de la cour de la ferme, bouche en avant, le corps plié en accordéon de chair brunâtre. Ils plongent profondément dans les flaques, en ressortent visqueux, et je crois qu'ils sont heureux d'être libres de faire ce qu'ils veulent.

La nature veut tout dévorer.

C'est le troisième ou quatrième printemps sans toi, Aurore. Je ne les compte plus. J'ai toujours détesté les mathématiques et ton absence devient trop compliquée à comprendre. Tout ce que je peux dire, c'est que j'ai glissé dans la boue ce matin. Je n'ai même pas saigné. Mais Borée finira par m'achever si tu ne me sors pas de là. Je t'en supplie, Aurore, reviens vite.

Chaque jour est une nouvelle blessure.

Désormais, nous ne mangeons presque plus rien. Borée m'interdit de sortir, du coup je perds la tête. Je ne sais pas où elle s'en va, ma tête, je la sens seulement quitter mon cou. Il lui pousse des ailes au niveau des oreilles, puis elle plane, loin de la ferme. Peut-être court-elle après l'envie de soulever le vent tout là-bas, celui qui souffle sur la cour en faisant des bruits de requiem. Ou peut-être souhaite-t-elle simplement dévier la migration des oiseaux de quelques millimètres, comme si ça pouvait changer la rotation épuisante du monde.

***

Quand tu liras ce journal, mon Aurore, lis-le bien jusqu'au bout. Tout ce que j'ai fait, je l'ai fait pour toi. Je t'ai aimée plus que tout. Plus que ma poésie, plus que ma vie. Plus que mon rêve de Paris. J'ai été maladroite, je n'ai pas toujours compris tes volontés, mais je t'assure que j'ai fait de mon mieux. Je voulais que tu sois libre, mon bébé.

Aurore

Il y a des images, parfois, qui viennent crever l'obscurité de mes nuits. Elles apparaissent dans mes insomnies, au plafond de ma chambre, à côté de mon lit. Je me penche vers elles, je leur tends les bras. Je veux qu'elles s'approchent. Qu'elles m'expliquent ce qu'elles font là. Qu'elles me disent si, oui ou non, j'ai pu devenir énorme et monstrueuse cet été-là. Si, oui ou non, j'ai pu pousser la petite sœur de Borée à l'eau. Car je n'ai plus de doute là-dessus, Borée est bien cette enfant qui se tenait droite devant moi, au bord de la Dives.

Je pensais que nous n'avions jamais parlé de l'accident, avec mes parents. Mais je faisais erreur. Ce soir-là, il était tard, les dernières braises du feu reposaient dans la haute cheminée. L'odeur de la soupe, familière et rassurante, se répandait dans la cuisine. Mes frères dormaient déjà, ils étaient encore bébés. J'ai entendu mon père dire : « Il faudra lui raconter, Aube. » Ma mère a soupiré. Elle n'avait pas l'air de vouloir raconter quoi que ce soit, ni maintenant, ni jamais. Elle m'a regardée. Ses lèvres se sont entrouvertes pour articuler des syllabes inaudibles ; aucun son n'en sortait ; tout son cœur était là, posé au chaud dans sa bouche. Ses yeux étaient toujours rivés sur moi. Ils se sont fermés, avant de laisser des larmes s'échapper. Mon père a murmuré tout bas : « Myriam et Monique. Elles s'appelaient Myriam et Monique. »

Ce souvenir soudain me fait sursauter. Je pense à l'album sans photographie retrouvé dans la cave de Borée. Cet album aux légendes mystérieuses. Il y avait donc Borée, Myriam, Monique. Et leur père et mari fantomatique, absent de tout, des images comme des mots.

***

À la gare de Caen, je prends le taxi jusqu'à Dozulé. La route est toujours aussi droite et monotone. Les arbres s'agitent sous le vent glacial du mois de mai et le soleil peine à percer les nuages. J'ai hâte de revoir ma mère. Mais surtout, je veux parler à Borée de ce drame que nous avons vécu ensemble. Cette blessure qui nous lie et qui détruit tout.

J'approche de l'entrée de la ferme. Depuis l'enterrement de mon père, les mauvaises herbes ont envahi la cour et les arbres penchent sous le poids des feuilles chargées d'eau. Par terre, un mélange collant de pluies stagnantes et de terre gicle sous mes pas. Je pousse la porte et retiens mon souffle. À l'intérieur, les ténèbres sont partout. Les rideaux sont tirés, les lampes sont éteintes. J'aperçois Borée, elle est de dos, assise dans un fauteuil gigantesque qui cache tout de son corps. Seuls ses cheveux noirs retombent mollement sur le dossier. Elle lit un magazine. J'entends les pages glisser doucement entre ses doigts, me rappelant le bruit du vent sur la mer. Je me ressaisis. Je ne dois pas penser à l'eau.

— Bonjour Borée.

Elle ne bouge pas. Ses doigts ont cessé de tourner les pages.

— Je suis venue te parler. Regarde-moi, s'il te plaît.

Lentement, Borée se lève. Elle tourne un visage émacié vers moi et cela me glace d'effroi. Elle n'a plus rien de la jeune femme flamboyante que j'ai connue, c'est un monstre sans couleur, à l'allure squelettique.

— Ta mère est morte, Aurore. Elle est partie hier se promener le long de la Dives et elle n'est pas revenue.

Je porte une main à ma bouche.

Ma mère, morte.

Je veux crier, je ne peux pas.

Qu'a fait Borée ?

J'aimerais lui demander, trouver le courage de m'avancer vers elle, taper contre sa poitrine et hurler. Rentrer mes mains dans son corps et sortir la crasse. Borée, c'est la crasse. Borée, c'est le mal, les yeux renfoncés, les cheveux sombres. Et les jupes de ma mère, et ses boutons de nacre, et sa tristesse énorme dans le ventre ! Qu'est-ce que je vais faire de tout ça ? Ma mère est morte ! Ma mère est morte ! Et ces mots m'étranglent.

— La police a trouvé son corps ce matin, étendu sur la plage de Houlgate. J'allais t'appeler pour te prévenir.

Borée reste là, debout, rigide et froide comme un cadavre. Elle ne s'avance pas vers moi. Ne me serre pas dans ses bras. Elle ne dit pas qu'elle est désolée ni qu'elle comprend ma douleur, toutes ces choses qu'on marmonne en de pareilles circonstances. Elle se met simplement à pleurer, en silence, et finit par me tendre un carnet, avant de retourner s'asseoir. C'est le journal de ma mère. Au moment de franchir la porte, décontenancée, j'entends le murmure de Borée dans mon dos.

« Je n'ai rien fait, je te promets. »

Aube

Je pleure pour la lettre qui ne partira pas, Aurore. Celle que je t'ai écrite et que Borée a déchirée. Je pleure pour mon cœur, attaqué à jamais dans sa pureté, mon cœur qui s'est épandu sur la page nue, ce papier griffonné et ce timbre que je n'ai pas pu coller. Je pleure pour les voyelles et les consonnes que j'ai eu tant de mal à tracer. Les souvenirs si durs à raconter sur le papier car ils blessent, ils cassent. Ils ne peuvent pas s'adoucir, même avec le temps.

Désormais, je suis seule. Francis nous a quittés. Je ne sais pas si j'ai de la peine. Je ne sais plus ce qu'est la tristesse. J'ai aimé Francis, mais c'était il y a longtemps. Quand les cals et les peaux dures de ses mains me bouleversaient encore.

Quand j'ai écrit cette lettre, l'encrier s'est brisé, le bleu marine a coulé. Ma peine entière trempait le tapis de ma chambre comme un crachat de veine ouverte et ça m'a fait pleurer. Pour les baisers de Monique qui ne seront jamais donnés à ses filles. Pour les baisers de Tristan, égarés sur le bord de la Dives, qui resteront comme des tempêtes jamais calmées. Cet homme qui n'a rien vu, rien fait, mais qui a deviné que là, en cet instant précis, s'arrêtait sa vie. Il a dévisagé sa fille avec sidération et moi je hurlais que c'était elle la coupable : « Elle l'a poussée, monsieur, je vous assure ! Elle a voulu jouer et voilà que sa sœur et sa mère sont mortes ! Cette petite brune aux yeux noirs est un monstre, monsieur ! Elle vient de tuer, je l'ai vue ! » J'étais si convaincue que tout le monde y a cru. Même Borée a dû y croire un instant puisqu'elle a reculé, effrayée par la scène que nous étions en train de vivre, avant de scruter ses mains avec terreur. Elle s'est ensuite approchée de toi, Aurore, t'a agrippée violemment par le bras et t'a dit : « C'est ta faute ! »

Mais non, ce n'était pas ta faute, Aurore.
Ce n'était pas la faute de Borée non plus.
C'était la mienne.

J'observais Myriam de loin, elle avait la même taille que toi, Aurore, et je me disais : elle va connaître la liberté, elle ! L'opportunité de pouvoir choisir sa vie ! Il n'y avait pas de raison qu'une petite fille ait plus de liberté qu'une autre. Pas de raison. J'ai serré les dents. Je n'aimais rien de plus que ces dimanches à la mer, entre Cabourg et Houlgate : je quittais mon corps, Aurore, je quittais ma vie. Je n'étais plus fermière ni femme de fermier, j'étais toutes ces jolies dames que je croisais sur la digue, chapeaux pointant vers le soleil ; bientôt, elles iraient rejoindre leurs demeures bourgeoises à colombages, leur personnel de maison et leurs problèmes inexistants ; elles iraient retrouver leurs époux délicats aux ongles toujours coupés ras ; et moi je resterais là, aux côtés de Francis, sans parler, avec Aurore dans les jambes. Aurore qui ne serait jamais libre car elle n'aurait jamais d'argent, et tout cela était si injuste, me disais-je, si injuste !

Je me suis approchée lentement de vous trois. Myriam était allongée, inerte, sur le chemin de terre bordant la Dives. Pourquoi jouait-elle à ce jeu macabre ? Toi et Borée faisiez mine de l'ausculter, preniez son pouls, tâtiez sa gorge, puis vous avez éclaté de rire ; et les vagues au loin se soulevaient dans une violence inouïe ; c'est peut-être ça, bien sûr, la colère de la mer m'a possédée ! Ce rugissement terrible venant du grand large, l'écume grise, les tourbillons ; je suis devenue tout cela malgré moi, et je ne sais pas pourquoi : j'ai pensé à l'odeur des corps pourris, aux messes dites le dimanche et aux vaches répugnantes. J'ai pensé aux nuages noirs qui traversent le ciel dans une course folle, mes mains se sont crispées, attrapant ma longue jupe délavée, la serrant de toutes leurs forces. La petite sœur de Borée dans sa robe rouge était toujours étendue par terre, elle souriait. *Est-ce que ce jeu t'amuse, petite sotte ? Regarde ma fille à côté de toi ! Aurore ne ressemble à rien ! Elle a des cheveux carotte et emmêlés, le visage bariolé de taches de rousseur, on dirait une souillon dans son short vert pâle, c'est à peine si elle sourit, non mais regarde-moi ça ! Que vas-tu devenir Aurore ? Ce n'est pas juste !*

Les nuages noirs étaient au-dessus de nous, maintenant. Je me suis approchée davantage, Francis restait en retrait. Il ne comprenait pas ce qui m'arrivait. Pourquoi ce pas décidé, soudainement ? Était-ce l'œuvre du démon, de l'orage ou de la jalousie ? Moi-même je n'en savais rien, ne contrôlant plus mon corps. Mes pieds, sans que je les commande, ont accéléré leur course, et mon regard s'est tourné vers la droite, en direction de la voie ferrée. Personne. La tempête avait fait rentrer tout le monde chez soi. Il n'y avait plus que nous, Francis, les trois petites et moi. Loin devant, Monique et son époux riaient d'un air détaché – pour qui se prenaient-ils ? Moi, ma gamine allait rester là, jusqu'à la fin, jusqu'à la mort elle allait rester là, dans nos champs minuscules, elle planterait ses si jolis doigts blancs dans la crasse de la terre pour en faire émerger des patates, des salades et des champignons ; elle tirerait le lait de nos vaches du matin au soir, oublierait ses tables de multiplication et ses poésies d'écolière, elle oublierait la beauté de l'histoire et la forme du monde !

J'étais juste à côté de Myriam, à présent. Elle était toujours étendue sur la poussière ; elle avait ouvert ses grands yeux ronds et me souriait. Aurore et Borée s'étaient éloignées, discutant, je ne parvenais pas à discerner leurs propos. Mes bras se sont abaissés, suivis du haut de mon corps, très vite, dans un geste précis. Mes mains se sont posées sur la hanche gauche de la plus jeune enfant de Monique – Monique la grande actrice de Hollywood, qui continuait de rire avec son époux sans prendre garde à qui bousculait son enfant. Eh bien c'était moi ! Aube la soumise ! Aube la domptée, l'enfermée, l'enragée ! C'était moi qui la poussais brusquement vers les profondeurs de la Dives !

***

Je pleure pour les moments que Borée n'a pas eus avec Myriam. Je pleure pour les bosquets, les fourrés, les bois dormants où vivent des princesses, toutes ces histoires magiques qu'elles n'ont jamais pu se raconter. Je pleure pour les rires qui n'ont jamais résonné entre les murs de leur chambre à coucher. Je pleure pour les secrets qui n'ont pas été révélés, pour les premiers baisers qui n'ont pas été partagés, les ivresses du petit matin et les croissants de minuit, jamais vécus. Je pleure pour tous ces moments de la vie que l'enfant morte ne connaîtra pas et que toi, Borée, as dû mettre de côté. Je pleure pour la maternité noyée, celle de Monique, l'amour fini, le cœur tari, avec son ressac incessant de nostalgies fracassées, et toutes les larmes versées sur le souvenir de la première enfance. Je pleure pour ce geste que j'ai eu, je n'ai pensé qu'à toi, Aurore, je voulais rétablir la justice, condamner les nantis – mais à quel prix… J'abrite des oiseaux violents qui veulent déchiqueter de leurs becs les parois de mon ventre. Ils cognent, cognent, cognent, et je ne peux rien faire pour les apaiser.

Plus les années passent, plus j'étouffe.
Il faut bien en finir si je veux trouver la paix.
Il faut bien mourir.

Je pleure des gouttes d'eau salée qui creusent des rivières sur mes joues ; mes joues ne sont pas faites de boue et pourtant, elles s'enfoncent sous mes couches de peau à mesure que les larmes les ravinent. Je pleure des fleuves énormes pour ce geste assassin, un crime commis par amour pour toi, mon Aurore, car je sais tout le mal qu'il a causé.

***

Lorsque les pompiers ont allongé les corps sur le chemin de terre, le père de Borée m'a prise à part et m'a suppliée de ne rien dire. « Borée est si petite. Elle n'a pas fait exprès. Ne racontez rien à la police, je vous en supplie. J'achèterai votre silence. » Il était certain de l'implication de sa fille. Il n'avait rien vu, rien entendu, et pourtant, sans hésiter, Borée devenait sa coupable.

Avec l'argent que nous avons eu, ton père a acheté la ferme de Dozulé et tu as pu étudier à Paris. Les premières années, je t'ai observée grandir dans une belle insouciance. Tu étais intelligente, tes maîtresses t'encourageaient. La promesse d'un autre avenir se dessinait. Je t'ai poussée à te dépasser. À donner le meilleur de toi-même. Peut-être ne comprends-tu pas encore ce que j'ai fait. Peut-être es-tu en colère, dégoûtée. Mais tu vois, ce matin, j'ai toute ma tête. Je vais terminer ce journal, signer à la dernière ligne, et ce sera mon roman d'amour pour toi. Je suis une maman qui t'aime profondément. Je suis une louve, une lionne. Et, toujours, je me suis battue pour toi.

Aurore

À la fin de sa vie, ma mère avait le visage sec. La beauté de ses traits s'était estompée. Elle pleurait sans doute, mais alors en secret. Les larmes devaient couler à l'intérieur, plus rien ne semblait irriguer son corps. J'imaginais qu'en elle, s'était formé un lac, avec ses ramifications d'eau salée, ses tunnels glacés, ses grottes inondées où poussaient, dans l'ombre, des stalactites et des stalagmites géantes. Mais je me trompais. Ma mère abritait des oiseaux. Des centaines de milliers d'oiseaux, incapables de voler.

Je la revois le soir, penchée sur sa table, pour écrire dans son journal. Ses lèvres remuaient parfois, mais pas assez pour que je puisse comprendre ce qu'elle racontait. Je regardais, absorbée complètement par cette scène. Ma mère écrivant sa vie, ses souvenirs, son enfance. Gacé, sa rencontre avec mon père. La ferme de Dozulé, la campagne et les vaches autour. Et enfin : l'extrémité de Cabourg, avec ses dunes sauvages qui se jettent dans la Dives.

Sa mort fait écho à celle de la petite sœur de Borée. Je pense aux veines bleues sur ses bras blancs. Je pense à la silhouette de Monique, derrière. J'ai vu la pauvre femme sauter à l'eau, puis s'agiter de toutes ses forces. Elle tentait de sauver sa fille tandis que son mari restait figé sur le bord de la rivière. Les bulles autour des deux corps ont tournoyé un temps et une vague est arrivée, emportant l'air, emportant l'amour. Emportant l'enfance dans toute son innocence.

***

Je pose une main sur le journal de ma mère. La couverture est épaisse. Un cuir qui sent la vache, fermé par une lanière solide, qui retombe comme un bras fatigué d'avoir trop protégé. À l'intérieur, les lettres écrites se diluent déjà sous les coups du temps. J'imagine les *o* devenir des nuages difformes. Les *e* s'envoler. Les *d* s'enfoncer dans le sable humide.

J'aimerais marcher jusqu'à cet endroit où la Seine plonge dans la mer, entre Honfleur et Le Havre. Cet endroit où ma mère s'est baignée nue, comme pour un baptême. J'aimerais rejoindre les gravillons des fonds marins. Ils tournent ensemble, je le sais, dans une ronde enfantine. Puis ils se séparent, brassés par les remous et les moutons blancs de la surface. Je voudrais sentir le courant m'emmener vers le large, jusqu'en Amérique, cette fois, de l'autre côté du monde. Je prendrais un chemin différent. Le mien, pas celui de ma mère, et je ne reverrais jamais Paris. Je quitterais Jacques et la tendresse de ses gestes car je ne mérite pas tout ça, non, je ne le mérite pas puisque je ne l'aime pas. Pas comme j'ai aimé Borée.

Borée avait les yeux noirs, les cheveux noirs, les pensées noires. Mais qu'est-ce qu'elle était belle. Quand elle bougeait, de jour comme de nuit, elle n'était plus qu'une grâce valsant sur ma vie. Comment aurais-je pu me douter de ce qui m'attendait ?

Je glisse le journal sous ma veste. J'ai l'impression d'avoir un deuxième cœur. Sans battement, sans chamade. Un cœur éteint, mais gigantesque.

Dois-je avoir honte de ce que j'ai fait ? demande ma mère. *Dois-je avoir honte ? Je sens ces terribles oiseaux me manger le ventre. Leurs becs hurlent des horreurs et je ne peux pas m'en empêcher : je revois la scène, mes mains résolues qui s'avancent vers la petite sœur, qui l'empoignent avec force et qui la poussent ! Ces mains qui n'étaient plus les miennes, il faut que tu me croies Aurore ! Mais c'est tout de même moi, oui, c'est moi qui l'ai poussée.*

***

Me voilà sur la plage de Cabourg. D'une main je tiens les aveux de ma mère, de l'autre l'urne qui contient ses cendres. Le soleil tente de se frayer un passage dans l'agitation des intempéries, en vain. La dernière fois que je suis venue ici, il y avait encore la ferme, il y avait encore ma mère. Il y avait encore Borée. Désormais, mon visage est trempé par la pluie. Une période s'achève là, sur cette plage aux mille gris. Le gris des yeux abattus, le gris des ciels identiques. Le gris de la mer froide, le gris des palourdes, le gris des sables qui gisent dans les profondeur et qui jamais ne remontent à la surface. Le gris de la peau de Borée. Le gris de mon cœur. Je veux oublier ce qui s'est passé cet été-là et ne garder que ce que j'ai perdu : tes baisers doux, maman, et les câlins du bout de tes doigts. Tes longs cheveux roux balayant mon cou de toute petite fille, cette première et dernière promesse d'amour fou.

Où peux-tu être, maman ?

J'ai les pieds dans l'eau verte et je fais corps avec elle. Je retrouve ma source. Je suis saline, je suis gelée. La mer vient lécher mes jambes, avant de repartir plus loin encore, vers l'horizon, vers les paquebots, les marins et les palangres de mon enfance. Sur le sable, des coquillages se sont échoués comme des radeaux abandonnés. Ma mère deviendra la pluie sur la campagne et fera naître des forêts entières. Ma mère volera jusqu'à Paris, elle inondera la ville de ses espoirs infinis.

Lorsque ses cendres se sont dispersées, j'ai hurlé.

***

Il y a bien longtemps, Borée, nous nous promenions côte à côte sur cette jetée qui longe la Dives. J'ai pensé : *Tu es si belle*. Et nos vies ont basculé.

As-tu lu le journal de ma mère ?
Je l'ai brûlé.
Un jour, peut-être, nous pourrons en parler.

Tu hantes toujours mes nuits. J'ai peur que tu surgisses sur un quai de Seine ou sur une plage de Normandie, et j'ai peur que tu m'oublies. Tu me manques et je t'en veux. Tu es partout dans ma vie. À Saint-Sulpice, sur le pont de la Tournelle. Dans les grands appartements parisiens qu'il m'arrive d'approcher grâce aux amis de Jacques. Tu es dans le vin que je bois le soir et dans les cigarettes que je fume, jusqu'au filtre.

Nous sommes liées pour toujours, toi et moi. Même si, parfois, je ne veux plus de toi. Même s'il m'arrive de détester nos souvenirs. Tu restes là, blottie comme une bête dans un coin de mon cœur.

Borée

Aube s'est noyée, elle aussi. Bleutée, vidée, salée. Elle a offert son corps à la mer, comme en sacrifice. Bientôt, je le sais, ce geste m'apaisera.

La police est venue m'interroger. Elle m'a demandé ce que je savais. Pourquoi je vivais là, recluse, aux côtés d'Aube. J'ai répondu que je l'aidais à la ferme. « La vie à Paris ne me convenait plus, je suis partie chercher du travail à la campagne. Dozulé est une jolie ville, vous savez. J'aime son silence et sa tranquillité. Jusqu'à cette nuit… Monsieur l'agent, pendant qu'Aube se jetait dans la rivière, je dormais ! Je vous assure que je dormais… »

La police n'a jamais retrouvé le journal d'Aube. Quant à moi, je me suis volatilisée.

***

Une hôtesse adresse un message à l'intention des passagers, signe de décollage imminent. À travers le hublot, je contemple une dernière fois Paris. Plus jamais je ne reviendrai ici. Le moteur gronde, l'avion s'élance sur la piste. Et c'est toute ma colère qui le propulse jusqu'au ciel.

Est-il possible de retourner en enfance ?

J'imagine les couleurs du Mexique, c'est là que je me rends, et je vois ma bouche croquer le cacao, caresser les fèves du bout des lèvres. Je vais remonter le temps, c'est certain, je le remonterai d'au moins six heures grâce au décalage horaire. Avec un peu de patience, j'arriverai à effacer ces quinze dernières années.

Un instant, je crois deviner la chevelure rousse d'Aurore au fond du couloir. Elle danse autour de ses yeux verts, en accord avec mon cœur. Mais je n'ai pas le temps de m'attarder sur cette vision. L'avion crève un nuage noir, des secousses brutales agitent l'appareil. La foudre tombe et les ailes s'enflamment. Ce sont deux spectres jaunes lâchés sur le monde. Je serre les poings, par réflexe, et me rappelle les derniers mots de mon père. « Ne t'inquiète pas des tempêtes, Borée. Ne t'inquiète pas. »

D'accord, papa. Je ne m'inquiète plus.
J'ai six ans. Six ans pour toujours.

Remerciements

Merci aux éditions Calmann-Lévy pour leur confiance. Merci à Vincent Brochard et à Mélanie Trapateau.

Merci au Centre National du Livre pour son soutien financier, par trois fois renouvelé.

Merci aux fantômes, à l'errance et à la poésie.

Merci à toutes ces personnes merveilleuses qui me portent, m'inspirent et m'éblouissent, vos noms sont trop nombreux pour être tous cités ici, mais vous vous reconnaîtrez – on se reconnaît toujours, n'est-ce pas ?

Collection
TERRITOIRES

Jean Anglade
Une vie en rouge et bleu
Le Dernier de la paroisse
Le Choix d'Auguste
Le Sculpteur de nuages
Les Cousins Belloc
Le Grand Dérangement

Sylvie Anne
Le Gantier de Jourgnac
La Maison du feuillardier

Sylvie Baron
Un été à Rochegonde
Les Ruchers de la colère
L'Auberge du pont de Tréboul
L'Héritière des Fajoux
Rendez-vous à Belinay
Terminus Garabit
Un coin de parapluie
Une Miss pas comme les autres
Des noces en or
Les Petits Meurtres du mardi
Un hôte bien encombrant
Une affaire de coeurs

Jean-François Bazin
Les Raisins bleus
Le Clos des Monts-Luisants
Le Vin de Bonne-Espérance
Les Compagnons du grand flot
Le Maître de la lumière
Le Dernier Tonnelier

Sarah Bell
Le Chant des reines

Henriette Bernier
Le Baron des champs

Jean-Baptiste Bester
L'Homme de la Clarée
Plus près des anges
Les Amants de Sainte-Catherine
Meurtre au pont du Diable

Françoise Bourdon
Le Moulin des Sources
Le Mas des Tilleuls
La Grange de Rochebrune
Retour au pays bleu
Le Fils maudit
Les Sentiers de l'exil
Les roses sont éternelles
Le Maître du Castellar
Le Secret de Belle Épine
Pour oublier la nuit

Édouard Brasey
Les Lavandières de Brocéliande
Les Pardons de Locronan
La Sirène d'Ouessant
L'Affaire Cabre d'or
Le Domaine des oliviers
Les Fils du patriarche

Patrick Breuzé
Les Remèdes de nos campagnes
La Valse des nuages
L'Étoile immobile
Mon fils va venir me chercher
La Montagne pour refuge
Versant secret
Les Buveurs de ciel

Nathalie de BROC
La Vallée des ambitions
La Robe pourpre

Michel CAFFIER
Corne de brume
La Paille et l'Osier
Les Étincelles de l'espoir

Anne COURTILLÉ
La Tentation d'Isabeau
Le Gaucher du diable
Les Damoiselles de Clermont

Annie Degroote
Les Racines du temps
D'infinies promesses

Jérôme DELIRY
Une rivière trop tranquille
L'Héritage de Terrefondrée
La Maraude

Raphaël DELPARD
L'Enfant sans étoile
Pour l'amour de ma terre
L'Enfant qui parlait avec les nuages
Le Courage de Louise

Alain DUBOS
La Mémoire du vent
La Corne de Dieu
Le Dernier Combat du Dr Cassagne

Élise FISCHER
Les Noces de Marie-Victoire
Je jouerai encore pour nous
Villa Sourire
L'Étrange Destin de Marie
Le Jardin de Pétronille
Aux Deux Hirondelles
Les Femmes des terres salées
La Promesse du sel
Le Vin de Pâques
Marionnettes d'amour
Là où renaît l'espoir
Tous au théâtre
Les Silences de Jeannette

Emmanuelle FRIEDMANN
Le Rêveur des Halles
La Dynastie des Chevallier
L'Orphelinat
La Faute des autres

Alain GANDY
Les Cousins de Saintonge

Gérard GEORGES
Une terre pour demain
Le Destin des Renardias
Le Bal des conscrits
Mademoiselle Clarisse
Anatole, fils de personne
La Mésangère

Georges-Patrick GLEIZE
La Fille de la fabrique
Pas plus tard que l'aurore
Le Serment des oliviers
Le Vent de la jeunesse
Quelques pas dans la neige
Les Noisetiers du bout du monde
Le Crépuscule des Justes
Même les pierres ont une histoire
La Montagne des autres
Coupe rase
La Dernière Traque

Yves Hughes
Et meurent les marionnettes

Yves Jacob
Sous l'ombre des pommiers
Le Silence de Justine

Corinne Javelaud
L'Ombre de Rose-May
Les Petits-Papiers de Marie-Lou
L'Odyssée de Clarence
Les Fantômes de Marianne
Les Carnets de Laurel

Guillemette de La Borie
La Dernière Héritière
Le Portrait disparu

Hélène Legrais
L'Ermitage du soleil
Les Héros perdus de Gabrielle
Les Ailes de la tramontane
La Guerre des cousins Buscail
Les montagnes chantaient la liberté
Ceux du Château, ceux du Moulin
Trois Gouttes de sang grenat
Les Anges de Beau-Rivage
Le Bal des poupées
Le Front dans l'azur
Nous étions trois
Le Cabanon à l'étoile
L'Alchimiste de Sant-Vicens
La Ballade d'Amélie

Philippe Lemaire
Rue de la Côte-Chaude
L'Enfant des silences
L'Oiseau de passage
La Mélancolie du renard

Alfred Lenglet
Du poison dans les veines
Jeux mortels en hiver
Temps de haine
Cœurs de glace

Éric Le Nabour
Retour à Tinténiac
La Louve de Lorient
À l'ombre de nos larmes
La Frondeuse
Cécile et les Beaujour
Comme une aube fragile
La Ferveur

Jean-Paul Malaval
L'Or des Borderies
Soleil d'octobre
Les Noces de soie
La Villa des térébinthes
Rendez-vous à Fontbelair
La Folie des Bassompierre
Chronique des Strenquel
La Bastide aux chagrins
Les Sœurs Querelle
Les Larmes de la pinède
La Belle Étrangère
Adélaïde au bord de la falaise
Les Gens de Combeval
La Souveraine en son domaine
Un si joli mariage
Rue de la Fontaine-Bleue
Un cœur solitaire dans une maison trop grande
Un été sous les tilleuls
La Vallée des eaux amères
L'Héritière des sables fauves
Par un étrange été à Marteline

Antonin Malroux
La Promesse des lilas
La Cascade des loups
La Pierre marquée
L'Homme aux ciseaux d'argent
Les prés refleuriront
Fenêtre sur village
Marie des Adrets
L'Espoir de belles aurores
Le Pain de paille
Le Cœur de mon père
Le Charpentier du paradis
Un soleil pour chaque jour
L'Académicien de juillet
Juste en dessous du ciel

Jean-Luc Mousset
L'Enfant des labours
Le Secret de Neige

Sophie Muffat-Méridol
L'Homme au bouquet
La Vérité qu'elle mérite

Sylvie Perenne
Âge d'orage

Michel Peyramaure
La Terrasse

Brigite Piedfert
Deux Grains de sucre, un soupçon de secret
Tu seras princesse de Tarragone
La Dame d'Alvimare

Frédéric Pons
Les Pèlerins du diable

Agathe Portail
L'Année du gel
Piqûres de rappel
De la même veine

Nicole Provence
Le Secret d'Aiglantine

Joël Raguénès
La Maîtresse de Ker-Huella
La Dame de Roz Avel
La Sirène du port
Les Trois Saisons de la vie
L'Or du lin
Les Vies de Jeanne
Pêcheurs du bout du monde
Les Derniers Seigneurs de la mer
La Salamandre de Trévarez
Yann, saint-bernard de la mer

Florence Roche
La Terre des Falgères
L'École du lac
La Réfugiée du domaine

Élisabeth Segard
Une certaine idée du paradis
Un futur presque parfait

Geneviève Senger
La Maison Vogel
L'Enfant de la Cerisaie
La Dynastie des Weber
Les Jumeaux du val d'amour
La Promesse de Rose
Les Bellanger
La Dame des Genêts
L'Or de Salomé
La Terre originelle
Le bonheur est au fond des vallées
La terre était si bleue

Jean Siccardi
La Source de saint Germain
Le Maître du diamant noir
L'Ivresse des anges
L'Auberge du gué
Gaston des vignes
La Chapelle des Templiers
Le Dernier Faiseur d'or

Bernard Simonay
L'Or du Solognot
Le Marais des ombres
Meurtres d'outre-tombe

Valériane Taront
Fenêtre sur jardin
L'arbre à loques

Jean-Michel Thibaux
L'Olivier du diable
Le Maître des bastides
Le Rappel du tambour
Katia Valère
Après la nuit vient l'aube

Brigitte Varel
Le Secret des pierres

Louis-Olivier Vitté
La Guérisseuse de Peyreforte
Là où coule une rivière
Le Secret de Tire-Lune
La Statue engloutie
La Dame des vignes hautes
La Femme qui voulait voir la mer
Petit Jean

Colette Vlérick
L'Enfant sur le pont
Un air de liberté
La Nacre des abers
Dans la lumière de Pont-Aven
Rêves d'indiennes

Photocomposition PCA, Rezé

Achevé d'imprimer en septembre 2024
par CPI BUSSIÈRE (18200 Saint-Amand-Montrond)
pour le compte des Éditions Calmann-Lévy
21, rue du Montparnasse, 75006 Paris

CALMANN LEVY s'engage
pour l'environnement en réduisant
l'empreinte carbone de ses livres.
Celle de cet exemplaire est de :
450 g éq. CO_2
Rendez-vous sur
www.calmann-levy-durable.fr

PAPIER CERTIFIÉ

N° d'éditeur : 2055309/01
N° d'imprimeur : 2080363
Dépôt légal : octobre 2024
Imprimé en France.